香남향
2

香
향
2

관음출판사

虛
空
天
허공천
향운계(香雲界)에서
향수(香水)의 비가 내려
바다에 떨어지니
바다가 향수대해(香水大海)를 이룬다.

香담은 글

5장_ 지혜의 향기

6장_ 정신의 향기

7장_ 마음의 향기

8장_ 지성(知性)의 향기

5장

지혜의 향기

1. 소금도 넣어야 짜다

소금도 넣어야 짜다.

이 말은
너무 당연한 말이다.

소금의 가치는
소금의 존재에 있는 것이 아니라
소금의 역할에 있다.

소금이
소중하고 가치 있는 것은
다른 음식의 재료와 더불어 조화를 이루어
맛을 내기 때문이다.

활용되지 않는 소금은
소금으로서의 가치가 없다.

모든 가치는
활용성에 있음이니
활용의 가치가 없는 것은

존재로서의 의미와 가치가 없다.

그러므로
활용성의 범위와 그 영향에 따라
그 가치가 달라진다.

무엇이든 아는 것
그것이 소중한 것은 더불어 어우름 속에
그 앎이 의미와 가치를 가지게 되고
어우름 속에 좋은 변화를 더 하게 되며
삶에 더불어 유익하게 활용되기 때문이다.

더불어 이로운 상생(相生)은
단순, 지식이 아니라
실천하는 유익한 행동에 그 가치가 있다.

무엇이든 옳고 그름을 논하는 것은
논함에 있는 것이 아니라
그 옳음이 어떤 유익한 가치를 가지느냐가
중요하다.

선은 좋은 것이며
악은 나쁜 것이라는 것이 중요한 것이 아니라
그 앎이 자신의 삶에
어떤 유익한 가치를 창출하느냐가 중요하다.

소금은 넣어야 짜다는 말은
너무나 당연한 말이다.

그러나
그 앎의 진정한 가치는
더불어 어우름의 맛을 내는 활용이 있을 때만
그 가치가 있다.

어우름의 맛을 내는 소금의 역할을 하는 것은
모두가 다 지식으로 가득 쌓아놓고 있다.

옳고 그름과
좋고 나쁨과
해야 할 것과 하지 말아야 할 것
누구나 다 잘 알고 있다.

그러나
소금은 넣어야 짜다는
이 단순한 논리를 가슴에 담아 삶을 살기까지는
의식의 변화와 노력이 필요하다.

소금은
어떤 앎이나 지식이 아니라
육체의 생명이 살아 숨 쉬고 있는
바로 자신이다.

이 아름다운 생명세계
어디에도 없는 소중한 소금의 이름이
곧, 자신의 이름이다.

이름의 가치는
서로 어우름의 조화와 상생을 도모하는
소금의 역할에 따라 가치와
품격이 다르니
곧, 삼종구품(三種九品)이 있다.

삼종구품(三種九品)은
상품(上品), 중품(中品), 하품(下品)과
상품(上品)에도 상중하(上中下) 품이 있으며
중품(中品)에도 상중하(上中下) 품이 있으며
하품(下品)에도 상중하(上中下) 품이 있다.

2. 공든 탑은 무너지지 않는다

공든 탑은
무너지지 않는다.

지극한 정성을 다한 것은
그 노력이 헛되지 않는다는 뜻이다.

지극한 정성이 무엇일까?

지극한 정성과 최선은 다르다.

지극한 정성은 한계가 없으나
최선은 한계가 있다.

지극한 정성은 한계가 없다는 말은
지극은 무한의 뜻이니 한계가 없는 말이며
지극한 정성은 드려도
자신이 한 바를 허공의 티끌처럼 생각할 뿐
최선을 다했다는 생각이 없다.

왜냐면
지극한 정성을 다했어도
정성을 다했다는 생각을 가지지 않음은
자신이 행한 바를 항상 부족하게 생각하기
때문이다.

지극한 정성이란
그 정성의 한계가 없는 말이다.

비유하면
어머니가 어린 자식에게 젖을 먹이며
잠 못 자고 돌보며 지극한 정성을 다하여도
어머니는 항상 스스로 정성이 부족함을 느낄 뿐
온갖 정성을 다했다는 생각을 갖지 않는다.

또, 비유하자면
달리기를 하는 선수가
자신의 역량을 다해 최선을 다하였어도
최선을 다했다는 그 생각보다
항상 부족했음을 생각하는 것과도 같다.

지극한 정성은 한계가 없으나
최선은 한계가 있음은
최선이란 자신의 역량을 다함을 일컬음이기
때문이다.

스스로 생각하는 최선이란 것도
단지, 자신이 생각한 의지의 한계일 뿐
되돌아보면 최선일 수가 없다.

의지가 무한을 향한 자에게는
지극한 정성이나
최선이란 단어는 존재하지 않는다.

왜냐면
자신의 노력이 항상 부족함을 되돌아보며
자각하기 때문이다.

무엇이든
아무리 지극한 정성을 다하고
최선을 다한다고 스스로 생각해도
그것은 아직 지극한 정성과 최선이란 단어의
살아있는 진정한 의미와 뜻을
깊이 자각하지 못하고 있기 때문이다.

지극한 정성과 최선이란
그냥, 단순한 생각과 행위의 언어가 아니다.

그 뜻한 바는
소중한 것
오직, 생각하는 그것을 위해서는
하지 말아야 할 생각과

하지 말아야 할 행동을 하지 말라는 것이다.

하지 말아야 할 생각과
하지 말아야 할 행동을 하면서
지극한 정성과 최선을 다했다는 것은
단순하고 깊이가 없는 경솔한 생각이다.

딴생각이나 잡생각하고
잠잘 것 다 자며
다른 곳에 신경 쓰면서
지극한 정성을 다하며 최선을 다했다는 것은
정말, 지극한 정성과 최선을 다한 것인지
그 정성과 최선에 자신을 점검하며 되돌아보는
날카로운 안목이 있어야 한다.

지극한 정성과 최선을 다하였다는
그 말은 자신 생각일 뿐
스스로 긍정할 수 있는지
냉철한 시각으로 자신을 되돌아봐야 한다.

**공든 탑은
무너지지 않는다.**

이 말은
각자 의식이 열린 정도에 따라
수용함의 깊이가 모두 다르니

이 말이 자신의 무엇을 일깨우며
깨우치게 하는가를
냉철한 자기 점검의 계기가 될 수도 있다.

지극한 정성과
최선이라는 말을 함부로 가치 없이
경솔하게 자기 수준에서 내뱉을 수도 있다.

진정
지극한 정성과 최선을 다하는 자에게는
최선의 역량을 다했어도
그것이 지극한 정성이나 최선이라고
생각하지 않는다.

왜냐면
그것은 자신이 인식하는
자기 생각의 한계성이기 때문이다.

생각이 커야 큰 뜻을 가지며
생각이 특별해야 남다른 삶을 살 수가 있다.

왜냐면
삶은 생각의 바람으로 가꾸어가는
생각의 형태화이기 때문이다.

그러므로
자기 변화를 위해 더 밝은 안목을 가져야 하며
더 확장된 열린 마음을 가져야 하며
자신을 이끄는 더 나은 생각을 해야 하며
더 발전한 진화의 행동을 해야 하며
더 품격 있는 인간관계의 교류를 해야 한다.

생각과 행동이 발전하고 진화할수록
생각함과 말함과 행동함이 진실한 공덕이 있어
행함이 헛되지 않은 공든 탑이 되므로
삶의 가치를 더하게 된다.

삶의 바람
꽃망울이 맺히고
꽃망울을 터트려 꽃이 피어나며
꽃향기가 아름다운 것은
자기의 무한 열린 가치를 향해 상승한
의지의 결실이다.

공든 탑은
무너지지 않는다.

3. 아는 길도 물어 가라

아는
길도 물어 가라.

이 말은
아는 것도 확인하고 점검하며 실수가 없도록
하라는 뜻이다.

아는 것
그것도 앎의 깊이와 배움의 시각과
경험의 차원과 지혜의 밝음에 따라 다양하다.

자신이 안다고 생각하는 것에는
배움으로 아는 것
눈으로 보고 귀로 들어 아는 것
경험한 것에 대해 아는 것
사실적이며 구체적으로 아는 것
지식과 관념과 추상적으로 아는 것
어렴풋이 알거나 그럴 것이라 믿는 것 등
앎의 상태도, 깊이도, 명확한 정도도 다양하다.

무엇이든

보지도, 듣지도 않았고
배우지도 않았고, 경험하지 않은 것은
알 수가 없다.

앎을 축적하는 종류와 길은 다양하니
첫째 촉각과 감각의 경험으로 아는 것
둘째 삶의 환경 속에 배워 익혀 아는 것
셋째 의식의 사유와 정신이 열림으로 터득한 것
등이다.

삶은
자신의 앎에 의지해 살아간다.

무엇이든
감각으로 인식하고
앎에 의지해 분별하여 판단하고 결정하며
그에 의해 자기 뜻에 따라 행동한다.

앎이 없으면
무엇이든 분별하고 판단할 수도 없으므로
행위의 방향설정을 할 수가 없다.

무엇이든 판단하고 결정하지 못할 상황에는
감각적 본능에 의한 반응이나
감각에 의지한 무의식 습관적으로 반응하여
움직일 뿐이다.

앎이란
무엇이든 판단하고 행동하게 하는 틀이므로
삶의 행위에 중요하다.

앎이 없으면
삶의 방향감각을 잃게 된다.

삶의 방법이 서로 다른 것도
무엇이든 인식하고 판단하며 결정하는 앎이
서로 차별이 있기 때문이다.

무엇이든
뜻한 바 성취하지 못하거나 실패한 원인은
자신의 능력에도 한계가 있겠으나
무엇보다 어떤 상황에 판단하고 결정함에
어떤 문제가 있었기 때문이다.

만약,
판단과 결정에 어떤 문제가 없었다면
성취하지 못할 이유가 없고
실패할 까닭이 없다.

그러나
성취하지 못하고 실패한 것에는
어떤 상황 중 판단과 결정에 문제를 인식하지
못했기 때문이다.

또한,
어떤 상황에 판단과 결정을 잘못하면
성취하는 것에도 오랜 세월이 더 걸릴 수도 있고
더불어 시련과 역경을 더 많이 겪을 수도 있다.

무엇이든 성취의 길은
최단 시간과 최소 노력으로 최대효과를
창출해야 한다.

그렇지 않으면
많은 세월과 많은 노력을 해야 하기 된다.

그러므로
무엇이든 상황에 따라 판단과 결정은 중요하며
잘못된 판단과 결정은
결과를 되돌릴 수 없는 상황을 초래하게 된다.

동쪽을 가고자 하여도 서쪽으로 갈 수도 있고
적절한 시기를 놓쳐 되돌릴 수 없는 시련과
고통의 역경을 겪을 수도 있다.

일은 상황에 따라 되돌릴 수 있어도
삶은 다시 세월은 되돌릴 수가 없다.

그러므로
무엇이든 욕심에 앞서 이끌리거나

감정에 현혹되어 경솔하게 판단하고 결정해서는
안 된다.

상황에 따라
다시는 헤어나지 못할 삶의 구렁텅이에
자신을 빠트릴 수도 있다.

생각이 경솔한 사람은
항상 무엇이든 깊이 생각하지 못하고
욕심이나 감정에 이끌리거나
예사로이 생각하는 경솔한 자기습관에 젖어
무엇이든 판단과 결정에 대수롭지 않게 생각해
평생 후회할 잘못을 범할 수도 있다.

앎도 중요하겠으나
자신에게 나쁜 경솔한 습관은 고쳐야 한다.

그 습관을 고치지 못하면
상황에 따라서는 큰일을 실수하거나
삶을 다시 되돌릴 수 없는
불씨가 될 수도 있다.

아는 것이어도
다시 점검하고 확인하지 않으면
그 방심이 예기치 못한 후회할 일이
일어날 수도 있다.

분명히 아는 것이어도
실패하는 경우는 자신의 자만이나
안목이 밝지 못한 미숙한 경솔함 때문이니
무엇이든 겸손하고 겸허한 마음과 자세를
잃어서는 안 된다.

아는 것
그것의 가치는 좋은 결과를 얻는 것에 있음이니
아는 것 그것은 삶의 좋은 결과를 얻기 위해
정성을 다하는 불씨이다.

아는 것이
아는 것에만 그친다면 그 가치가 없다.

앎을 통해
뜻한 바의 길을 찾고
자신을 더욱 일깨우며 성숙시키고
삶의 가치를 위해 활용하는 불씨가 되어야 한다.

앎의 길은 무한히 열려 있으며
앎이 열린 만큼 보게 되고 느끼게 되어도
앎으로도 볼 수 없는 것은
자신의 앎이 완전하지 못함 때문이니
그 앎의 정도에 따라 차별이 있다.

앎의 자만이나 오만함이 있다면

그것이 곧, 자신을 점검하지 못하는 미숙함이니
진정한 앎은 자신을 밝게 아는 지혜가 열림이다.

아는 길도 물어보는 것은
내가 앎이 없어 모르기 때문이 아니라
내가 모르는 또 다른 안목의 지혜를 구하는
겸손함이다.

목적지에 이르는 숱한 길이 있으리니
내가 아는 길이
멀고 좁으며 험난한 길일 수도 있다.

사람마다 경험도 앎도 다르므로
상황을 인식하고 판단하는 안목도 다르니
내가 아는 길보다도 더 가깝고 넓고 좋은 길을
알 수도 있다.

내가 아는 길이어도
그것은 숱한 길 중의 하나일 뿐이니
내가 아는 길이어도 겸손한 마음으로 정중히
공손하게 자신이 가는 길을 물어야 한다.

아는 길을 묻는 것이 아니라
가는 길을 물을 뿐이다.

4. 가랑비에 옷 젖는 줄 모른다

가랑비에
옷 젖는 줄 모른다.

티끌같이
예사로이 생각해도 모이고 쌓이면 커지며
생각지 못한 영향을 끼친다는 뜻이다.

이와 유사한 말은
티끌 모아 태산을 이룬다는 속담이 있다.

티끌 같아 예사로이 생각해도
쌓고 모으면 큰 것을 이룬다는 뜻이다.

또한, 무엇이든
티끌같이 예사로이 생각해도
횟수가 거듭하고 계속할수록
큰 피해의 결과를 초래할 수가 있다.

나무의 씨앗에서
땅 위로 연한 새싹이 돋을 때는

손톱으로 제거할 수가 있다.

그러나
나무가 성장하여 큰 나무가 되면
큰 톱으로 자르기도 어렵다.

그러므로
아무리 작은 것이라도
무엇이든 예사로이 생각해서는 안 되며
작은 악(惡)도 멀리하고
작은 선(善)이라도 행하길 즐겨야 한다.

무엇이든 조심하고 살피며 점검하고
작은 티끌이라도 모이고 쌓이면
어떤 나쁜 결과의 원인이 될 수 있으니
미리 차단하고 방지해야 한다.

모든 실패의 원인이
무엇이든 예사로이 생각하고 방심하거나
세밀하지 못한 결과일 수도 있다.

사회적인 일이든, 자기 다스림의 행위든
어떤 수행이든 목적을 위함은 다를 바 없으니
뜻을 품고
성취를 위해 행함에는
무슨 일이든 그것에 빈틈이 없어야 하며

치밀한 점검이 있어야 한다.

자신이 뜻을 가진 그것이 무엇이든
치밀한 자기 점검이 없으면
원하는 좋은 결과를 얻기가 어렵다.

무엇을 하든
치밀한 점검이 없는 그 자체가
곧, 방심이며, 예사로이 생각함이며
경험의 부족함이 드러남이니
아직, 안목이 거기까지 미치지 못하는
안목의 빈틈이 있음이다.

무엇이든 이룩하지 못하는 것에는
자신의 안목이 깊이 미치지 못하는 원인이 있고
어떤 공든 탑이 무너지는 것에도
자신의 시선과 생각이 세밀히 미치지 못했던
무너질 원인인 빈틈이 있었음이다.

그것이
경험의 부족이며, 안목의 부족이며
자기 자신도 모르는
완전하지 못한 시각의 미약함이다.

무엇이든
안목이 완전하면

빈틈이나 방심함이 없으므로
예리하고 치밀하며 빈틈의 부족함이 없어
명료하게 밝게 알며 허와 실을 밝게 분별하므로
무엇이든 놓치지 않는 밝은 안목이 열린
시각이다.

무엇이든 안목의 능력은
한계가 없어 무한히 열려 있으니
노력으로 앎의 지혜가 열리어 확장되고
의식이 깨어나 상승하여 더욱 의식이 명료하며
밝은 정신은 무한 지혜의 세계로 향하므로
무한 차원의 열린 세계를 경험하게 된다.

지식의 한계로는
의식의 상승 차원을 이해할 수가 없고
의식이 상승하여도 의식의 한계로는
무한 초월의 정신세계를 이해할 수가 없다.

지식과 의식과 정신은 차별이 있으니
지식은 배우고 익힘에 의한 앎의 세계이며
의식은 감각과 인식과 사유와 관념의 세계이며
정신은 의지(意志)의 힘으로 무한 열린 세계이다.

지식은 앎의 세계이므로
지식이 쌓일수록 헤아림의 분석이 많아지고
의식이 상승할수록 미혹을 벗어 마음이 평안하며

정신이 열릴수록 무한 초월의 세계에 들게 된다.

지식은 앎의 충족 대상은 될 수 있어도
무엇이든 얽매이며 헤아림의 뿌리가 되므로
항상 무엇이든 옳고 그름을 따지고 분별하는
시비의 근본이 된다.

의식은 상승할수록
의식이 얽매인 미혹을 벗어나 순수의식이 열리며
순수의식의 승화는 평온의 마음을 갖게 되고
생명 사랑과 평화의 순수의식이 충만하게 된다.

정신이 열리어 무한 상승할수록
모든 생명과 만물과 현상의 근원인
근본 지혜를 밝게 열게 되므로
만물 존재의 섭리에 두루 밝아
무한 초월 지혜의 세계를 열게 된다.

생각도 어떤 결과를 일어나게 하는 불씨가 되며
언행도 어떤 결과를 일어나게 하는 불씨가 되며
행동도 어떤 결과를 일어나게 하는 불씨가 된다.

한 생각,
한 언행, 한 행동이라도
어떤 크고 작은 결과를 일어나게 하는 계기의
불씨가 됨이니

나와 남에게 이로운
좋은 결과를 얻게 하는 것이면
한 생각, 한 언행, 한 행동이라도
더욱 즐겨 해야 하며

만약,
나와 남에게 해로운
나쁜 결과를 일어나게 하는 화근의 불씨라면
한 생각, 한 언행, 한 행동이라도
삼가고 절제하며 하지 말아야 한다.

그것이
나와 남을 위한 당연한 길이다.

그러나
만약, 가랑비에 옷 젖듯 습관이 되어
자신도 모르게 나오는 행동이면
그것을 고치지 못하면 자신과 남에게 해가 되며
또한, 불행해지는 요인의 불씨가 될 수도 있다.

삶이
자신의 행복을 위하고
자신의 사회적 품격과 가치를 위한 길은
예사로이 생각하는 언행과 행동에
품격의 기품을 잃지 않는 길이다.

언행과 몸가짐에
품격을 갖추면 기품이 드러나고
말 한마디 언행에도 숨은 가치가 드러난다면
누구나 존중하고 가볍게 보지 않는다.

그것은
무엇이든 티끌 같은 것이라도
예사로이 가볍게 보지 않는
자기 다스림의 성숙한 정신을 가졌기 때문이다.

작은 실수를 놓치면
큰일을 망치게 하는 불씨가 될 수도 있고,
작은 행동도 점검하며 예사로이 생각하지 않으며
무엇에든 품격을 잃지 않고 정성을 기울이면
큰일을 도모하고 이룩하는
불씨가 될 수가 있다.

무엇이든 예사로이 보는 것이 습관이 되면
경솔하여 큰일을 할 안목의 재목이 못되고
작은 것이라도 삼가고 절제하며 잘 다스리면
그것이 습관이 되어 큰일을 도모하며 이룩하는
안목을 열어 무엇에도 세밀하여 실수 없는
큰 재목이 될 수도 있다.

무엇이든 경솔하면
그것이 곧, 습관이니

그 습관을 고치지 못하면 그 경솔함이
삶의 공든 탑을 무너뜨리는 불씨가 될 것이다.

뜻한바
간절한 소원이 있어
천 개의 돌을 모으고
만 개의 돌을 모아 정성을 다해 탑을 쌓아도
예사로이 생각하는 경솔한 습관을 버리지 못하면
그것이 불씨가 되어
만 개의 돌을 모아 쌓아 올린 공든 탑이
한순간에 무너질 수도 있다.

그것은
작은 티끌이라 예사로이 보는 습관을
고치지 못한 경솔함 때문이다.

무엇이든
치밀할수록 그 정도에 따라 실수가 적고
치밀함이 없을수록 그만큼 실수가 잦고
그 피해가 크다.

무엇이든
실패의 원인은 누구의 눈에도 드러나는
큰 것에 있는 것이 아니라
누구도 예사로이 생각해 눈에 잘 띄지 않는
작은 것에 있다.

모든 것은
온갖 큰 것과 작은 것이 서로 어우름 속에
하나의 큰 틀을 이루게 되니
무엇이든 그 과정에 치밀함을 놓치면
그 실수를 어떻게 다시 되돌릴 수가 없다.

무엇이든 습관 따라 보게 되고
무엇이든 안목 따라 살피게 되니
익숙한 습관을 항상 되살피고
열린 안목을 따라 항상 자신을 되돌아보며
또 다른 실수를 범하지 않도록
노력해야 한다.

그 노력의 결과는
큰 안목과 뜻을 이루는 장인의 정신이 되며
모두를 능가하는 자질을 가진
큰 재목이 될 것이다.

5. 달도 차면 기운다

달도
차면 기운다.

이 말의 뜻은
세상 모든 것은 변하며
변하지 않는 것은 없다는 뜻이다.

모든 존재는 변하며
변하지 않고
그대로 고정된 것은 하나도 없다.

변하거나
변하지 않는 그것이 중요한 것이 아니다.

무엇이든
변하기에 꿈을 가지며 노력하게 되고
나쁜 상태를 벗어나기도 하며
더욱 좋은 상태를 맞이하기도 한다.

변화는

무엇이든 가능성을 갖게 하며
꿈이 열린 무한 도전을 하게 한다.

변해야 할 것은 변해야 하며
변하지 말아야 할 것은 변하지 말아야 한다.

또한, 아무리 좋은 상태라도
유지하지 못하면
잃거나, 나쁜 상태로 떨어질 수도 있다.

달이 둥글면 이지러지고
그릇이 차면 넘친다는 이 말의 뜻은
욕심이 너무 지나치거나
또는, 어떤 좋은 상태라도 유지하지 못하면
기울어진다는 뜻이다.

이 말은
욕심이 지나치면 손해를 보며
또한, 만약 아무리 좋은 결과의 상태여도
자만하거나 방심하거나 교만하면
그 상태를 유지 못 하고 잃게 된다는 뜻이다.

무엇이든
부족함을 벗어나기 위해 노력하는 중에는
자만도, 방심도, 교만도 없으나
남보다 조금 더 나은 상태가 되면

인격이 성숙하지 못한 사람은
자만과 교만한 마음으로 남을 멸시하는
경솔한 마음을 가지게 된다.

그러므로
무엇이든 노력하여 남보다 앞설 수는 있어도
그렇게 하여 남보다 앞선 자이어도
더불어 남에게 존경을 받기는 쉽지 않다.

무엇이든
자기가 열심히 노력하고
자신이 잘해서 좋은 결과를 얻는 것 같아도
그 상황의 실제를 들여다보면
남이 나를 노력하도록 도움을 주고
그 결과를 얻도록 도움을 받은 결과이다.

무엇이든
소중함을 모를 때에는
소중한 것과의 인연이 멀어지게 된다.

그것은
너무나 당연한 결과이다.

모든 상태의 변화는
조건의 상황에 따라 상태가 변화하므로
소중한 것을 소중하게 생각지 않은 그 결과는

당연히 소중한 것과의 인연이 끊어지게 된다.

무엇이든
스스로 부족함을 느낄 때는
남을 존중하고 멸시하지 않는다.

그러나
무엇이든 조금 남보다 앞선다고 생각하면
인격이 부족한 자는 경솔하여 남을 멸시하며
자만과 교만한 마음을 갖게 된다.

산은 높을수록 기상이 웅장하고
바다는 넓을수록 수많은 생명의 고기가 살며
땅은 넓을수록 수많은 나무가 자라고
나무는 클수록 그늘이 넓으며
그릇은 클수록 무엇이든 많이 담고
마음이 성숙할수록 겸손함이 깊어지므로
많은 사람이 존경한다.

생각함이
성숙하지 못하고 경솔한 사람은
작은 것에도 오만하고 교만한 마음을 가지므로
스스로 운명이 큰 복을 갖지 못한다.

무엇이든
자신을 낮추는 겸손한 성품을 가진 사람은

오만함이 없는 마음이니 훈훈한 덕을 쌓으므로
운명에도 없는 복이 스스로 모이고 쌓이니
낮은 땅에 먼저 물이 고이듯이
운명에도 없는 복이 자연히 흘러 모이게 된다.

무엇이든
성취는 긴 세월의 끊임없는 노력이 필요해도
성취한 것이 무너지는 것은 한순간이다.

무엇이든
뜻한 바를 성취하기도 어렵지만
또한, 성취한 것을 유지하기는 더욱 어렵다.

달도 차면 기울고
꽃도 활짝 피면 시든다.

누구나
삶 속에 그 의미를 사유해 보며
자신이 어떤 상황이든 깊이 새겨보아야 할
의미 있는 말이다.

6. 돌다리도 두드려보고 건너라

돌다리도
두드려보고 건너라.

이 말은
어떤 상황이든
방심은 금물이라는 뜻이다.

안전한 돌다리도
두드려보고 건너라는 말은
많은 경험에서 얻은 교훈의 말이다.

방심은,
무엇이든
또는, 어떤 상황이든 안심하거나
예사로이 생각하거나
미리 예단하여 어떤 결과를 추측하거나
자기 생각이나 의지를 너무 믿거나
지금의 상황을 확신하여 믿는 등이다.

무엇이든

또는, 어떤 상황이든
본의 아니게
또는, 어떤 예기치 못한 상황으로
결정된 것이어도 생각지 못한 상황의 변수는
항상 있게 마련이다.

무엇이든
미리 단정하는 것은
방심하거나 경솔한 상황론에 의지한 것일 뿐
완전한 결과론이 아니다.

결과를 반드시 얻을 수 있는
빈틈없는 완전한 결정적인 조건을 갖추었어도
여러 상황의 변수에 따라
결과는 언제나 달라질 수가 있다.

곧, 피어날 꽃도
비바람에 꺾일 수도 있고,
가지에 주렁주렁 달린 잘 익은 탐스러운 과일도
하루 저녁 태풍을 이기지 못하고
떨어질 수도 있다.

예기치 못한 변수의 상황과 사고는
항상 삶의 일상에서도 일어나고 있다.

그러므로

꽃이 활짝 다 피기까지 정성을 다해야 하며
나무에 과일이 풍성하게 열렸어도
과일이 내 입에 들어올 때까지 방심하지 말고
정성을 쏟아야 한다.

특히, 어떤 뜻을 품고
노력하여 이루려는 것에는
단지, 지금의 상황론에 치우쳐
자기 생각과 판단으로 미리 단정하는 것은
만약, 경험이 많다 하여도 자만이며
그런 경솔함이 있다면
삶을 더 경험하고 터득하며 배워야 한다.

달리기 선수는
자신이 특별하고 뛰어난 역량을 갖추었어도
출발선에서부터 결승점에 이르기까지
최선의 역량을 다할 뿐, 자만함이 없다.

자만은
어떤 무엇에서든
아직, 의식이 완전히 성숙하지 못한 경솔함이며
자기 다스림이 부족한 교만함이다.

모든 사람이
어떤 것이든 뜻을 품고 이루고자 하여도
실패하거나 완성하지 못하는 것에는

첫째, 자기의 특성과 한계를 몰랐던 자만이며
둘째, 상황을 예기치 못한 경솔함이며
셋째, 생각이나 지혜나 열정이 부족했음이다.

달리기 선수는 결승점에 이르기까지
최선의 역량을 다하며,
투철한 장인정신을 가진 사람은
작품을 만들어도 마지막 끝손질을 다 할 때까지
온 정성과 열정을 다한다.

삶의 경험이 많은 사람은
무슨 말이라도 예사로이 생각하지 않으며
비록 어린아이 말이라도
귀담아듣는 것은 스스로 교만함이 없기
대문이다.

그것은
무엇이든 경솔하지 않고
돌다리도 두드려보고 건너야 하는
삶의 경험으로 생각함이 남다르기 때문이다.

7. 등잔 밑이 어둡다

등잔 밑이 어둡다.

이 속담은
널리 알려진 말이다.

그러나
요즘은 기름 넣은 등잔을 쓰지 않으니
지금의 아이들은 이 말이 무슨 뜻인가를
이해 못 할 수도 있다.

요즘은 전기를 이용하여 등을 켜니
등 밑이 더 밝다.

등잔 밑이 어둡다는 말은
등잔불이 주위의 어둠을 두루 밝혀도
오히려 등잔의 그늘에 의해
등잔 밑 주위가 어둡다는 것이다.

이는
촛불을 밝히면

촛불이 주위의 어둠을 두루 밝혀도
초의 몸체 그늘 때문에
촛불 밑이 오히려 더 어두운 것과도 같다.

등잔 밑이 어둡다는 이 말의 뜻은
주위를 두루 밝게 잘 알고 잘 다스려도
자기 자신이나
자기 주위의 가까운 사람들에 대해서는
관리가 잘 안 되거나
잘 살피지 않아 오히려 잘 모른다는 뜻이다.

이는
눈으로 밖의 모든 현상을 두루 밝게 잘 알고
귀로 밖의 소리를 잘 들어도
밖의 현상을 밝게 아는 자신은 밝게 보지 못하고
밖의 소리를 밝게 아는 자기 자신은 알지 못함을
일깨우는 말이다.

자기 자신이나
자신의 주위를 방심하게 되는 것은
냉철하지 못해 예사로 생각하기 때문이며
타성에 젖어 있는 일상적 습관 때문이다.

그러나
남을 보거나 평가할 때에는
예사로이 생각하거나

타성에 젖은 일상적 습관의 시선이 아니다.

그것은
자기 인식 차별에 따라 좋고 싫음과
옳다 그르다는 자기 관념의 시선으로 평가하므로
남을 대하는 시선은
항상 자기 관념과 감정의 상황에 따라
변화하게 된다.

남에 대해 이런 생각을 하게 되는 것은
남은 곧, 자신에게 비치는
상념(想念)의 대상이기 때문이다.

대상(對相)의 성립에는
대상(對象)은
곧, 상념(想念)의 인식체(認識體)이기 때문이다.

사람이 아니어도
대상(對相)의 성립에는
거울 앞에 서면 내 모습이 비침은
나는 거울의 대상(對象)이기 때문이다.

그러나
자기 자신은 대상(對相)의 성립이 되지 않으므로
자신에게 자기를 인식의 대상(對象)으로
비출 수가 없기 때문이다.

그러나 자신을 객관화하여
대상(對相)의 성립을 이루어
대상화(對象化)하여 자기 자신을 거울에 비추듯
자신의 마음 씀과 언행과 행위를 비추어보면
자신의 인격과 행위의 품격과
대중사회의 자질적 가치를 가름하거나
인식하게 된다.

자신을
인식적 객관화하지 않으면
인식 대상의 성립이 되지 않으므로
자신을 밝게 자각할 수가 없다.

또한,
자신을 스스로 밝게 안다 하여도
그것은 자기 시선과 안목의 평가이므로
밝게 아는 것이 아니다.

그러므로
누구이든 자신에 대해서는
등잔 밑처럼 어두울 수밖에 없으며
자신을 냉철한 시선으로 평가하여도
그 평가에는 자기 인식의 한계가 있다.

그러므로
평소, 자신의 잘못이나

허물을 인식하지 못하고 있다가
우연한 계기에 홀연히 자신의 잘못을 깨닫거나
자신의 허물을 자각하는 경우가 있다.

또한,
의식이 성장하며 상승하고
자기 다스림의 인식 안목이 변화하면
지난날 자신이 한 모습들이 철없었음을 인식하며
뒤늦게 자각하고 깨닫는 경우가 있다.

특히,
젊었을 때는 모르고 있다가
나이가 들수록 경험이 더욱 많아지고
무엇이든 보는 안목이 새롭게 변화할수록
자신이 부족했던 지난날을 되돌아보게 된다.

무엇이든
보는 안목 깊이의 차별은
경험의 깊이와 차원에 따라
의식의 성장과 열림의 성숙도에 따라
자각의 깊이와 정신이 깨어난 정도에 따라
다르다.

무엇이든
보고 인식하는 안목은
옳고 그름의 수평적 판단의 관점보다

얼마나 깊이 인식하고 헤아리며 보느냐의
의식의 깊이와 차원에 따라 다르다.

무엇이든
안목의 깊이는 한계가 없으며
무한 열린 차원의 어느 깊이에까지
안목이 미치느냐에 따라 인식과 판단이 다르니
그 안목의 깊이는 중요하다.

그것이
의식의 깊이이며
정신이 열린 차원의 깊이이며
경험한 삶의 깊이이다.

무엇이든
열린 안목에 따라 관점이 다르고
열린 의식의 정도에 따라 사유가 다르며
쌓은 경험에 따라 인식의 차별이 있고
자각의 깊이에 따라 자신의 변화가 다르다.

세상에는
믿을 수 없는 신비스러운 현상과
불가사의함이 있어도

그 또한
자신의 영역 한계 속에서 봄이니

경험과 노력으로 의식이 깨어나 상승하고
의식과 정신이 깨어남의 자각이 깊어
자신 영역의 한계를 벗어나면

대상(對相)의 세계
대상(對象)인 등잔 밑의 어둠도 사라진
무한 열린 밝음
자등명(自燈明)이 온 세상을 밝히며
만 사람의 어둠을 밝히게 된다.

등잔 밑이 어두워도
불꽃은 어둠이 없으니
안목이 불꽃처럼 밝아 등잔 밑 어둠이 사라지면
어둠 없는 밝은 세상을 두루 보며
세상을 밝게 하는 지혜를 이루게 된다.

이것이
등잔 밑 어둠 없는
자등명(自燈明)의 세계이다.

이는 곧,
안과 밖이 어둠 없는 두루 밝음
세상이다.

이는
대상(對相)도 대상(對象)도 없는 밝음이니

대상(對相)과 대상(對象)이
등잔 밑 어둠이기 때문이다

대상(對相)과
대상(對象)이 사라지면
온 세상이 두루 밝아 어둠이 없다.

등잔 밑 어둠 없는
마음 밝은 무한 세상이다.

그것을 일러
마음 밝은 광명세계라고 한다.

광명세계는
대상(對相)과 대상(對象)이 사라진
불이광명세상(不二光明世上)이다.

이는
심광원융세계(心光圓融世界)이다.

어떤 사람은
화엄장엄세계라고 하며

어떤 사람은
신성 무한광명 세계라고 하며

어떤 사람은
천당과 극락이라고 하며

어떤 사람은
이상향(理想鄕)의 세계라고 하며

어떤 사람은
지극한 생명 행복세계라고 한다.

다들
이름만 달리할 뿐
서로 다른 세계가 아니다.

서로
다르다고 생각하는 그것이
등잔 밑 어둠이다.

등잔 밑 어둠이 사라지면
그 세계를 무엇이라 이름한들
자기 안목과 의지와 뜻을 따라 일컬음이니

이름이
천이며 만이라도
다만, 생명의 아픔과 갈증이 끊어진
모두가 무한 행복이며 기쁨과 평화의 세계인
그 하나를 일컫고 지칭할 뿐이다.

그것이
대상(對相)과 대상(對象)이 끊어진
영원무궁한 생명의 행복세상
어둠 없는 불이광명(不二光明)의 세상이다.

대상(對相)과 대상(對象)이
등잔 밑 어둠이니
대상(對相)과 대상(對象)이 끊어진 세상이
마음광명 세상이며
불이심광(不二心光) 세계이다.

이곳은
모든 생명의 삶의 갈증과
마음의 고뇌와 아픔과 고통과 상처가 없는
바로 그곳이다.

이곳을 이름함이
누구나
자신의 지식과 배움과 앎의 언어로 일컫고
이름하니

종교와
철학과 사상과 지식과 앎을 통해
바라보고 생각하며 인식하는
생명 무한 궁극의 행복세계이며
꿈의 이상향이다.

무한 행복
그곳에 이르는 각자 생각하고 준비한
사다리가 각각 다르니
그 사다리가 무한 행복 이상향으로 이끄는
믿음의 종교이며 사상이다.

그러나
그 사다리를 타고
그 사다리의 끝까지 올라가 그 세상을
본 사람이 있을까?

만약,
그 세상을 본 사람이 있다면
그 사다리는 벌써 잊었을 것이다.

왜냐면,
이젠 그 사다리가 필요 없기 때문이다.

바다를 건너
목적지에 도착했으면 배에서 내려야 하며
높은 감나무에 감을 땄으면
그 나무를 오르던 사다리는 치워야 한다.

아직까지
무엇에 의지한다면
지금도 꿈의 사다리를 오르고 있으므로

아직 그 끝을 모르고 있음이다.

그 세상은
미움 없고, 미워하지 않으며
끝없이 사랑받고, 끝없이 사랑하며
마음에 아픔이 없고, 상처 없으며, 고통 없는
영원히 행복한 꿈의 세상이다.

그러나
의식이 상승하고
승화하여 그 세계에 이르기까지
자기의 능력이 부족하여 한계가 있으니
사다리에 의지해 끊임없이 올라야만
그 세상의 사람이 될 수가 있다.

그 길은
곧, 등잔 밑 자기 어둠이 사라지는 그 순간까지
상승하고 승화하며
자신의 어둠이 사라지는 무한 극복의 길이다.

그 세계는
한 사람도 마음에 아픔 없는
무한 행복의 세상이다.

그 세계도
사랑이 없으면

허물어지는 환과 같은 세상이다.

등잔 밑 어둠인 자기의 의식이 성숙하고
상승할수록 마음 가득
충만한 사랑이 온 세상의 어둠을 밝힐 때
모두의 마음에 아픔과 어둠이 없는
무한 행복
세상이 될 것이다.

그 세상은
사랑이 가득한 무한 충만의 세상이다.

그것을
심성광명(心性光明)이라고 한다.

왜냐면
마음에 어둠이 없기 때문이다.

곧,
등잔 밑 어둠이 사라진
광명세상이다.

마음에
아픔과 상처, 고통을 씻어주는
광명 중 가장 밝은 광명이
사랑이다.

아직도
마음에 아픔이 있어
사랑의 갈증에
사랑이 충만한 행복세상을 찾아
지금도 끝없는 사다리를
오르고 있다.

마음
광명 행복을 찾아
끝없는 생명들이 그 꿈의 세상을 향해
지금도 멈춤이 없다.

그리고
아직, 태어나지 않은
미래 그 생명들도
그 꿈을 찾아
호흡이 멈추는 그 순간까지
아픔 없는 세상, 끝없는 무한 행복을 찾아
멈춤이 없을 것이다.

8. 가는 말이 고와야 오는 말이 곱다

가는 말이 고와야
오는 말이 곱다.

말은 행복의 씨앗도 되고
불행의 씨앗도 된다.

행복은 서로의 말에 있으며
불행도 서로의 말에 있다.

따뜻한 좋은 말은
마음에 아픔과 상처도 치유되고
좋은 감정이 일어나며 행복을 느끼게 된다.

기분을 상하게 하고
좋지 않은 감정을 일어나게 하는 말은
마음에 아픔과 상처를 남기게 되고
서로의 관계가 단절된다.

가까울수록 말을 곱게 해야 하며
기분이 상하지 않도록 배려하고

마음에 상처를 받지 않는 고운 말을 해야 한다.

말에 감정(感情)까지 실으므로
가는 정(情)이 고와야 오는 정(情)도 곱다.

누구나 자신에게 고운 말을 하며
인격을 존중하고 좋은 말을 하면 좋아한다.

그러나 자신에게 거친 말을 하며
인격을 무시하는 나쁜 말을 하면 싫어한다.

특히,
가족이나 가까운 사람에게는
서로 존중하고 배려하는 따뜻한 말보다는
자기감정을 드러내는 말을 하기가 쉽다.

가까운 사람이라도
배려하지 않은 감정이 상하는 말을 들으면
마음에 상처를 입게 된다.

말에 따라 사람의 감정도 바뀌고
마음이 변화하므로
가까운 사람에게 좋은 말을 들을수록
삶에 대한 기쁨과 행복감을 느끼게 되며
매사에 자신감도 가지게 된다.

일상사에서
말만큼 마음의 감정을 좋고 나쁘게 변하게 하고
기쁨과 불쾌감을 느끼도록 하는 것은 없다.

말은
단순 의사를 전달하는 것만 아니라
감정까지 전달하므로
말에 좋지 않은 감정까지 실어서 하는 것은
언어가 아니라, 마음에 상처를 주는
폭력과 같다.

몸의 상처는 나으면 괜찮아도
마음에 상처를 주는 한마디의 말이
평생 잊을 수 없는 상처가 되기도 한다.

누구나
가는 말이 고와야 오는 말이 곱다는 것은
모두가 알고 있다.

그러나, 그것을 알고 있어도
마음이 그렇게 성숙하고 실천하기는 어려우니
자신의 인격이 쌓이고 사고가 달라지며
한마디의 말에도
마음 다스림의 돋보임인 품격을 가질 때
상대에게 말의 상처를 주지 않는
고운 말을 하게 된다.

고운 말이란
기분을 상하게 하지 않는 말이며
인격을 존중하는 말이며
온화하고 따뜻한 부드러운 말이며
나쁜 감정을 주지 않은 말이며
희망과 용기와 기쁨을 주는 말이다.

또한,
말 그 자체가
곧, 자신의 인품과 품격을 드러내는 것이므로
말함에도 반드시 조심함이 있어야 한다.

그러나,
언행은 습관인 성격의 영향이 많으니
남에게 상처가 됨을 생각하지 않고 말하면
말이 화목과 친화력을 파괴하는 불씨가 되므로
말을 할 때는 항상 상대를 인식하고 배려하는
속 깊은 마음을 써야 한다.

말은 말만을 하는 것이 아니라
말에 감정을 싣게 되므로
가는 정(情)이 고와야 오는 정(情)도 고움은
너무나 당연한 이치이다.

**말에는 항상 상대의 인격을 존중하는 배려가
대화의 기본이며, 대화의 마음가짐이다.**

모든 행위에 앞서 말을 하게 되니
말은 선(善)과 악(惡)의 씨앗이기도 하며
죄(罪)와 복(福)의 근원이 되기도 한다.

말은 칼과 같아 잘 사용하면
삶에 유익한 도구이나
잘못하면 자타를 불행하게 하는 도구가 된다.

고운 말을 하는 것도
배움과 자기 다스림이 있어야 하니
부족한 습관을 잘 다스리고 다잡는 노력으로
품격 있는 고운 말을 하게 된다.

말은 곧, 품격이니
자기의 습관을 다스리는 노력과 배움이 없으면
품격 있는 고운 말을 할 수가 없다.

이 세상에 최고의 가치는
금과 보석보다
품격 있고 따뜻한 고운 말이다.

말은 자신을 돋보이게 할 수도 있고
남의 아픔을 치유하고 용기와 희망을 북돋우며
더욱 삶을 빛나게 할 수도 있다.

그러나

이 세상에 최하 천하고 천한 가치 없는 것은
그 어떤 무엇보다도 또한, 말이다.

말이 인생을 불행하게 할 수도 있고
평생 아픔과 고통을 주는 씨앗이 될 수도 있고
심하면 생명을 죽음으로 내몰 수도 있다.

말 중에는
성인(聖人)처럼 약(藥)의 말도 있으며
악(惡)과 죄(罪)를 짓는 독(毒)의 말도 있다.

말이 금(金)과 같이 귀한 말이 있고
말이 독(毒)과 같이 해로운 말도 있다.

누구에게 어떤 말을 하든
그 말에는 말하는 사람의 배움에 의한 인격과
자기 다스림의 품성이 그대로 드러난다.

말을 잘하는 것이 중요한 것이 아니라
가치와 품격이 있는 말을 하는 것이 중요하다.

고운 말은 불행한 사람도 행복하게 하고
나쁜 말은 행복한 사람도 불행하게 하며
고운 말은 죽으려는 사람도 살릴 수가 있고
나쁜 말은 살려는 사람도 죽게 할 수가 있으며
말 한마디에 삶의 아픔과 괴로움이 사라지고

말 한마디에 삶의 아픔과 괴로움이 생길 수 있다.

가는 말이 고와야 오는 말이 곱고
가는 정(情)이 고와야 오는 정(情)이 곱다.

가는 말이 존중함이 있어야
오는 말이 존중함이 있으며
가는 말이 친절해야 오는 말이 친절하며
가는 말이 선해야 오는 말이 선하며
가는 말이 배려함이 있어야
오는 말이 배려함이 있다.

너무나 당연함을 알아도
그것을 행하기까지는 끊임없는 자기 노력과
마음 다스림의 품격이 있어야 한다.

말의 가치는 무한 차원으로 열려 있어
말의 품격과 가치에 따라
말이 금보다 더 고귀한 생명을 살리고
삶의 무한 행복을 창조하게 한다.

고운 말은
곧, 삶의 보람을 느끼게 하고,
따뜻한 말은
곧, 삶을 행복하게 한다.

9. 하늘은 스스로
   돕는 자를 돕는다

하늘은
스스로 돕는 자를 돕는다.

너무나 당연한 말이다.

자신이 자신을 위하지 않는데
누가 자신을 돕겠는가?

하늘이라 함은
하늘의 섭리이며, 우주의 조화이며
천지 만물 운행의 섭리이며
우주와 만물이 흐르는 이치의 작용이다.

하늘이라 함이
천지 만물을 운행하는
천성(天性)이며 천명(天命)을 일컬음이다.

스스로 돕는 자는
자신을 위해 최선의 열정을 다하는 자를

일컬음이다.

돕는다는 뜻은
자신을 위해 최선의 열정을 다하는 자를
하늘이 돕는다는 뜻이다.

하늘은 스스로 돕는 자를 돕는다는 뜻과
유사한 뜻을 가진 말이
정성이 지극하면 하늘도 감응한다는
지성(至誠)이면 감천(感天)이라는 말이다.

하늘이 돕는다는 말에는 섭리적 의미가 있으니
스스로 위하는 최선의 행이
하늘의 섭리를 어기지 않는 선함을 일컬으며
악행과 나쁜 욕심의 노력이 아니라
순리와 선행을 따라 최선의 노력을 함이다.

자신을 위한 선의적 최선의 노력에는
자신은 노력하지 않아도
하늘이나 무엇이 자신을 도와주기를 바라는
의타적 그러한 마음이 없다.

의식과 정신이 열려 있고
자기 가치의 승화 의지가 있는 자는
자기 정신 의지로 스스로 꽃을 피워 승화시키는
무한 열린 의식차원 자기 보람의 가치가 있다.

나의 뜻에 따른 배고픔을 해결하기 위해
나 스스로 밥을 한술한술 떠먹을 뿐,
나의 일을 누가 해주기를 바라거나
하늘이나, 운명이나, 누가 자기 일을 해주거나
이러한 요행이나 우연을 바라며 최선을 모르는
의타적인 나약한 마음이 없다.

만약, 하늘이나 운명의 힘으로 이루었다면
오롯이 나의 뜻에 의한 나의 가치
나의 노력으로 피어난 승화의 꽃이 아니다.

지성이면 감천이라고
최선의 열정을 다해 노력하다 보면
순리에 따라 자연히 일이 해결되거나
뜻한 바를 성취할 수가 있다.

누구나 뜻을 가진다고
무엇이든 다 성취되는 것이 아니다.

삶은 의지를 따라 꿈의 뜻을 품고
자기의 삶을 개척하고 노력하는 과정을 통해
경험을 쌓고 삶에 대해 배우며 안목을 열고
의지의 노력을 쉬지 않고 용기와 희망을 가지며
자기 생명의 삶을 헛되이 않으려는 굳은 의지로
자기 가치와 삶의 의미를 위해 노력하는 것이
삶이며, 인생이다.

자기의 삶을
하늘이, 또는 누가 대신해 준다고 좋은 것은
아니다.

바다는 메워도
사람의 욕심은 못 채운다는 말이 있다.

무엇이 해결된다고
그 만족이 더 없는 최상의 행복이거나
영원한 만족도 아니며
삶의 힘든 근심과 걱정이 해결되었다고
삶의 고뇌가 끝난 것도 아니다.

살아 있으므로 생명의 삶 속에
모두의 행복을 위한 사회적 정의를 존중하며
뜻한 바를 따라 열린 의지와 꿈을 가지고
자기 삶의 가치와 의미를 부여하며
보람 있는 최선의 삶을 사는 것이 중요하다.

삶은, 의식의 성장을 따라
자기 생명과 존재의 가치를 끊임없이 추구하며
자신과 공동사회에 도움이 될 수 있도록
최선의 노력을 다하는 것이 삶이다.

어떤 선의적 욕망이나 뜻한 바의 꿈을 세웠으면
그 꿈의 실현을 위해 끊임없는 열정의 행위로

성취에 이르기까지 그에 걸맞은 의지의 노력을
쉼 없이 해나가야 한다.

꿈만 가지고 욕심을 낸다고
하늘이나 운명이 해주는 것도 아니며,
그에 걸맞은 의지의 노력 없이 성취되는 것은
아니다.

나무의 뿌리가 생명의 섭리를 따라
물을 찾아 땅속 깊이 뿌리를 내릴수록
나무는 어떤 비바람에도 넘어지지 않고
어떤 가뭄에도 말라 죽지 않으며 성장을 한다.

존재의 모든 삶이
변화의 흐름 역리(易理) 속에 있으므로
삶은 파도와 같이 오르고 내림이 있으며
춘하추동과 같이 다양한 상황 변화의 흐름도
있게 마련이다.

나무가 사철 푸를 수 없는 체질을 가졌으면
자기의 잎사귀를 낙엽이 되어 떨구며
겨울을 대비해 자연의 섭리와 환경에 대처하며
나무도 지혜의 삶을 살아가고 있다.

의지에 따라 뜻을 세워
자신의 가치와 삶을 위해 최선을 다하다 보면

하늘 운행의 봄기운 시절 운도 맞닿을 수도 있고
우연처럼 일이 순조롭게 잘 풀어질 수도 있다.

무엇이든 잘된다 하여, 밤낮 변화의 삶 속에
그 즐거움이 얼마나 오래 가겠으며,
힘겨운 삶의 시련이 있어도
그 또한, 삶을 배우고 익히는 과정임을 자각하고
깨달으며 삶의 경험을 체달하고
상황에 맞닿아 현명한 판단과 극복 의지로
지혜롭게 대처해야 한다.

삶의 행복은 사람의 관계 속에 있으며
사람은 사람에 의지해 삶을 살아야 하니
어려울수록 서로 돕고 위하는 사회성을 가지며
남을 생각하지 않는 이기적인 사람이 되지 말고
열린 의식과 열린 마음으로 서로 어우름 속에
상생의식의 삶을 살아야 한다.

행복과 불행은 삶의 관계 속에 이루어지니
더불어 행복한 열린 의식의 삶을 추구해야 하며
남을 불행하게 하는 사람이 되어서는 안 된다.

삶의 기쁨과 행복도
사람의 관계 속에 있으니
서로 기쁨이며, 삶이 행복한 지혜를 도모하고
서로 위하는 열린 의식이 성장할 때

모두의 삶이 기쁨이며, 행복세상이 될 것이다.

이것이 스스로 돕는 자를 돕는
행복한 세상, 하늘의 도움이 절실하고 간절한
모두의 기쁨과 행복이 함께하는 행복세상이다.

하늘이 돕는, 스스로 돕는 자의 행동이
자기만의 이익을 위해 남을 배척하고
모두의 기쁨인 행복세상을 외면하는 그런 행동은
아닐 것이다.

하늘이 돕는 것은
스스로 돕는 자의 그 행함이
하늘의 선의(善意)와 같이 행하므로
하늘도 무심히 보지 않고 그를 도울 것이다.

스스로 돕는
그 선의(善意)가 천성(天性)을 닮고
그 지극한 열정이 천지를 운행하는 정성인
천명(天命)의 마음을 닮아
스스로 돕는 그 선의(善意)의 마음이,
만물을 이롭게 하며, 만 생명의 행복을 위하는
천심(天心)과 더불어 같이 흘러
선의(善意)의 열정으로 최선을 다하므로
하늘이 그자를 도울 것이다.

하늘은
선의(善意)의 열정으로 최선을 다하는
스스로 돕는 자를 돕는다.

천심(天心)과 선의(善意)는 다를 바 없으니
천심(天心)이 선의(善意)이며
선의(善意)가 천심(天心)이니
선의(善意)의 삶이 천명(天命)의 삶이며
천명(天命)의 삶이 천성(天性)의 삶이다.

선의(善意)의 열정으로 최선을 다하는 노력이
곧, 천의(天意)의 삶이며
천명(天命)의 삶이다.

이는, 하늘이 돕는
스스로 돕는 자의 행이다.

10. 믿는 도끼에 발등 찍힌다

지부작족(知斧斫足)
믿는 도끼에 발등 찍힌다.

이 말의 뜻은
유익하리라 생각했든 물건이나 일에 오히려
피해를 보게 되는 경우나,
믿는 사람에게 배신이나, 해를 당하는 경우를
뜻한다.

무엇이든 생각은
자기의식의 작용으로 생각이 일어나므로
생각은 자기 인식과 관념을 벗어날 수가 없으니
무엇을 생각해도 우선 자기의 관점에서
생각하게 된다.

처음부터 도끼를 믿지 않든지
아니면, 도끼가 발등을 찍을 것을 미리 알았다면
도끼에 발등을 찍히는 일은 없었을 것이다.

도끼에 발등을 찍힌 것은 결과론이며

그 원인과 과정론에서 보면
도끼를 가까이하고, 도끼를 믿음이 잘못이다.

만약, 도끼에 물어보면
도끼도 할 말이 있을 수도 있으며
도끼가 발등을 찍을 수밖에 없는 속 사정도
있었을 것이다.

그러나 남을 탓하기 전에
우선 자기의 잘못이 없었는지를 되살피고
생각해보아야 한다.

그렇게 하므로
또 다른 이러한 불상사를 미리 방지할 수가
있기 때문이다.

소를 도둑맞아도
외양간을 고치지 않으면
똑같은 일이 반복될 수가 있기 때문이다.

도끼를 믿음이 자신의 안목이 부족했음이며
도끼를 가까이해도 경계하고 조심하지 않았음이
자신이 방심한 불찰이다.

불은 모든 것을 태우며
몸에 상처나 재산의 피해를 크게 줄 수도 있다.

그러나,
일상생활에서 불을 가까이해도
불에 피해를 보거나 데지 않은 까닭은
불을 가까이할 때마다
불에 데지 않도록 조심을 했기 때문이다.

매사에 일에 대한 안목도 있어야겠지만
항상 사람의 관계 속에 있다 보면
상황에 따라 믿음이 필요한 상황의 관계에는
인연한 사람의 특성에 대해 잘 파악하는
사람에 대한 안목도 있어야 한다.

그러나 사람에 대한 경험이 부족하고
사람을 보는 안목이 어두우면
피해가 갈 정도로 믿지를 말아야 하며
만약 상황상 믿어야 하는 관계이면
예기치 않은 불상사에 대해서도 생각해야 한다.

만약,
사람이 신뢰가 없다면 항상 조심해야 하며
또한, 수시로 상황 따라 변하는 그 마음을
어찌 종잡을 수가 있겠는가!

처음부터 신뢰할 수 없으면
가까이하지 말아야 하며
만약, 가까이하였다면 항상 조심해야 한다.

혹시,
도끼에 발등을 찍히고 나면
그 도끼를 믿지 않으므로 멀리하게 되고
만약 가까이하여도 경계하고 조심하기 때문에
또다시 그 도끼에 발등 찍히는 일은
없을 것이다.

예사로이 생각하고 도끼를 믿으므로
발등을 찍히게 되지만
믿지 않는 도끼에는 미리 조심하기에
발등을 찍히는 일이 없을 것이다.

그러나 상황 따라
사람의 관계도 본의 아니게 얽히고설키니
서로 멀리할 수 없는 상황에서는
믿든, 믿지 않든, 상황상 조심하여도
본의 아니게 그 도끼에 크고 작은 피해를
계속 볼 수도 있다.

만약, 도끼가 사람이 아니고
이익을 추구하는 사업이나 일이라면
그 사업이나 일을 통해 피해를 보았다면
자신의 경험과 안목이 부족함을 돌이키고
점검해야 할 뿐, 피해라는 생각보다
경험이 부족한 자신의 미숙한 삶의 안목에는
배움이라고 생각해야 한다.

이익을 추구하는 사업이나 일의 도끼에
발등을 찍혔다면
그것은 경험과 안목이 부족한 미숙함을 벗는
삶의 시각과 안목을 여는 공부임을
자각해야 한다.

만약, 자신의 경험이 많고 안목이 깊었다면
사업과 일이 성공하였거나
피해를 볼 사업과 일은 하지 않았을 것이다.

욕심에 앞서 경험과 안목이 부족했고
결과가 그럴 수밖에 없는 원인이
자신에게 있었음이니
자신의 경험과 안목의 부족함을 깨달아야 할 뿐
도끼 탓을 하는 것은 현명하지 못한 판단이다.

누구나 자리에 앉을 때
자리에 앉으려면 그 자리에 물건이 있는지
안전한지를 눈으로 살피고 앉게 된다.

그러나 경험이 부족하고 안목이 밝지 못하면
해보지 않고 어찌 알 수가 있겠으며,
의지만 앞설 뿐, 그 과정에 변수가 많음이니
결과를 어찌 가름할 수 있겠는가!

그것이 경험의 미숙이며 안목이 부족함이니

어떤 상황이든 경험을 통해 배우고
안목을 열며 스스로 그에 대해 깨우치므로
이는, 지금에는 피해를 본 것처럼 느껴져도
미래를 생각하면 삶의 경험이므로
지금의 경험이 미래의 피해를 미리 막음이니
피해를 보았거나 실패하였다 하여
어찌, 단순히 피해로만 볼 수가 있겠는가?

미래의 측면에서 보면
앞선 경험으로 미래의 삶을 위한 경험과
안목의 지혜를 얻음이다.

삶의 과정은 경험과 안목의 부족으로
흥망성쇠의 과정을 반복하고 배우며 터득하고
그 지혜와 경험으로 미래의 삶을 열어가는
지혜와 현명함을 갖추게 된다.

똑같은 상황을 무수히 반복하며
그 경험의 지혜가 축적되어 밝은 안목을 열고
경험한 그 삶을 바탕으로 남을 이끌 수 있는
지도자의 능력과 역량을 갖게 된다.

누구나 삶에는 흥망성쇠를 무수히 반복하는
그 애씀의 경험이 쌓이고 쌓여
비로소 지혜를 터득하고
그 경험의 지혜가 완전히 자기의 것이 되어

매사에 허와 실을 밝게 아는 안목을 갖춤으로
경험을 토대로 한 경륜과 지혜를 정립하게 된다.

실패는 성공의 어머니라는 말이
숱한 반복의 경험을 통해 극복한 성공의 말이니
예사로이 그냥 나온 말이 아니다.

무엇이든 상황에 따라 다르겠으나
실패가 두려운 사람은
그 망설임으로 꿈을 위해 도전할 수가 없다.

의지의 뜻이 분명하면
무엇이든 부딪히며 경험하고 눈으로 확인하며
가능성을 가지고 무수한 시련을 반복하는
극복의 정신으로 삶의 의미와 가치를 부여하고
자신을 극복하는 의지 속에
뜻에 따라 의미 있고 가치 있는 극복의 결과물을
창출하게 된다.

마음의 기질이 연약하고 작은 재목은
자기를 극복하지 못하는 두려움과 망설임 때문에
뜻은 있어도 함부로 용기를 내지 못하며
안일함만 추구하다 보니 실패와 좌절이 두려워
무엇이든 망설이고 걱정이 앞서게 된다.

그렇다고

물러남이 없는 극복의 용기와 끈기도 없으면서
욕심을 앞세우거나 혈기만을 앞세운다면
그것은 현명하지 못한 어리석음이니,
어떤 상황이든 극복해야 할 시련이 오면
자신의 어리석음은 탓하지 않고
발등을 짓누르는 도끼를 탓하고 원망하는
현명하지 못한 옹졸한 생각을 하게 된다.

무엇이든 자기의 상황은
그 상황 원인의 다양한 환경이 어떠했든
자기의 일은 자기가 선택한 것이므로
어떤 무엇을 탓하기 전에 그 근본 원인이
자기에게 있음이다.

도끼를 선택하는 것은 자기 자신이니
자신의 역량과 기질을 잘 살펴 지혜롭게 대처해
자신과 사회를 이롭게 하는 재목이 되면
이 세상에 이름을 남긴 그 사람들의 고충과
그 삶의 깊이를 조금이나마 느끼고 깨닫게 된다.

지금 우리가
무엇이든 혜택을 누리고 사는 이 삶이
고군분투하며 인생을 바친 그분들의 삶의 역사의
혜택 위에 살고 있음을 깊이 감사하며
돌이켜 생각해봐야 한다.

시련과 극복을
누구나 다 두려워하였다면
발전한 지금의 사회는 없었을 것이다.

선의의 뜻을 가졌어도
반복 실패와 좌절 속에도 갈등을 극복한
그분들의 용기와 삶을 희생한
역사 흐름의 사회 위에 우리는 지금
그 혜택의 감사를 제대로 인식하지 못해도
우리가 노력하지 않은 그 은혜 속에
축복과 감사의 삶을 살아가고 있다.

앞서 이 땅에 살았든
어느 누가 땀 흘리지 않고 희생하지 않았다면
지금 우리가 누리는 다양한 이 혜택은
없었을 것이다.

우리가 또, 노력하고
땀 흘린 그 흔적을 남기고 가면
그 혜택 속에 후손들은 또한, 자기의 꿈을 꾸는
세상이 될 것이다.

도끼를 조련하는 지혜는 터득하지 못하고
자기 발등을 찍은 도끼 타령만 하고 있다면
그것이 아직 경험이 미숙하고
삶의 큰 안목이 열리지 않은 부족함이다.

도끼가 발등을 찍은 것이 아니라
현명하고 지혜롭지 못하니
예기치 못한 도끼에 발등이 찍힌 것이다.

도끼를 지혜롭게 조련을 잘하는 사람은
지혜로 그 도끼를 잘 다스리고 유익하게 다잡아
자신과 사회를 위해 보람과 가치가 있는
결과물을 창출하게 된다.

도끼를 다스림에도 지혜가 필요하고
삶의 경험이 축적된 안목이 있어야 한다.

그것을 길러야 할 자기 능력과 역량이며
삶을 이끄는 자의 지혜의 힘이다.

그러나
돌이켜 깊이 사유해보면
내 발등을 내리찍은 제일 큰 도끼는
나다.

6장

정신의 향기

1. 새옹지마(塞翁之馬)

인간 만사는
새옹지마(塞翁之馬)라는 속담이 있다.

옛날 중국 변방 국경에
한 노인이 말을 기르고 있었다.

어느 날 기르는 말이 도망쳐
오랑캐들이 사는 국경 너머로 가버리자
마을 사람들이 노인을 위로하니
노인은 오히려 복이 될지 모른다고 하였다.

몇 달 후 도망갔던 말이
오랑캐의 좋은 말 한 필을 데리고 돌아오자
마을 사람들이 노인을 축하하니
노인은 오히려 화근이 될지 모른다고 하였다.

그런데 말타기를 좋아하는 노인의 아들이
그 말을 타다 말에서 떨어져 다리가 부러져
마을 사람들이 노인을 위로하니
노인은 오히려 복이 될는지 모른다고 하였다.

얼마 후 전쟁이 일어나 오랑캐가 쳐들어와서
장정이 동원되어 싸움터에 나가 모두 전사하여도
노인의 아들은 다리가 부러져
싸움터에 나가지 않아 무사할 수 있었다.

새옹지마(塞翁之馬)는
변방 노인의 말이라는 뜻이다.

인간 만사
새옹지마(塞翁之馬)라는 뜻은
나쁜 일이 오히려 좋은 일이 될 수도 있고
좋은 일이 오히려 나쁜 일이 될 수도 있으니
나쁨도 비관하거나 상심하지 말아야 하며
좋음도 즐거워 자만하며 방심하지 말아야 한다는
뜻이다.

일상의 다양한 변화의 상황은
삶이 흐르며 변화하는 현재 상황이니
지금 좋은 상황이어도
자만하거나 방심하지 말아야 하며

만약, 나쁜 상황이어도
흐르는 변화의 상황이니 너무 상심하지 말며
내일의 좋은 결과를 얻기 위해
더욱 의지를 더 하며 노력해야 한다.

삶의 변화에는
영원한 좋음도 없고
영원한 나쁨도 없으니
좋음과 싫음이 상황 따라 변화하고

삶의 다양한 변화의 흐름인
봄 여름 가을 겨울 계절의 흐름처럼
꽃이 피었다 지기를 반복하며

삶의 경험을 축적하고
두루 삶에 대한 지혜가 밝아지며
어떤 상황이어도 내일의 꿈과 희망을 위해
삶의 경험과 지혜를 다하게 된다.

인간 만사는
변화의 흐름 속에 있으므로
좋은 상황이어도 잠시이며
나쁜 상황이어도 잠시이니
좋음과 싫음의 상황을 반복하여 경험하다 보면
좋음에도 자만하지 않고 지혜를 다하며
나쁨에도 싫어하지 않고 아픈 경험을 축적하며
희망과 용기로 내일을 향해 굳건한
의지를 갖게 된다.

좋음만 항상 하면
자만 속에 마음과 의지가 약해지고

나쁨 속에 아픔을 겪을수록 의지가 굳어지며
아픈 경험의 자각이 삶의 지혜에 눈을 뜨게 하고
어리석은 시각의 삶을 벗어나는 계기가 된다.

인간 만사는
길흉화복이 갈아드는 새옹지마(塞翁之馬)이다.

삶의 경험이 쌓이면
좋은 일에도 경거망동하지 않으며
나쁜 일에도 방심하지 않아 흔들림이 없어
바람을 가르며 힘차게 나르는 화살처럼
삶의 꿈과 희망을 향한 의지가 흔들림이 없다.

눈꽃 속에도
매화는 피어 향기를 발하고

엄동설한 매서운 추위에도
가냘픈 몸으로 눈보라 치는 바위 끝 난초는
몸을 얼어붙게 하는 매서운 차가운 바람이
연약한 몸을 매몰차게 흔들리어도
그 기상이 꺾임이 없다.

2. 전화위복(轉禍爲福)

전화위복(轉禍爲福)은
화(禍)를 돌이켜 복이 되게 함이다.

화(禍)는
예기치 못한 불상사(不祥事)이다.

화(禍)는
재난, 사고, 실패, 변고 등의 불상사는
삶 속에 언제든 예기치 않게 일어날 수가 있다.

그러므로
삶 속에 어떤 상황이든
항상 화(禍)를 입지 않도록 매사에 조심하며
주의를 기울여야 한다.

매사에 조심하다 보면
화(禍)를 덜 입을 수도 있으나
화(禍)는 조심한다고 일어나지 않는 것이 아니다.

화(禍)는
주위의 다양한 조건에서 일어나게 되므로
때에 따라서는 혼자만 조심한다고 되는 것이
아니다.

크고 작은 화(禍)는
일상사에 일어날 가능성을 항상 지니고 있음은
예기치 못한 상황에서 일어나기 때문이다.

만약, 화(禍)가 일어날 것을 알면
능력 밖이 아니면 미리 대처하겠지만
삶은 다양한 상황 변화의 현실 속에 있으므로
한순간 미래의 상황을 예측할 수 없으니
항상 삶 속에 크고 작은 화(禍)의 위험을
조심해야 한다.

화(禍)를 입지 않는 방법은
매사에 조심하고 방심하지 않음이다.

무엇이든 방심함은
화(禍)를 초래하는 동기부여가 될 수도 있다.

그러므로
무엇이든 예사로이 생각하거나
습관화된 방심하는 행동을 되살펴 보는 것도
화(禍)를 멀리하는 계기가 될 수도 있다.

불이 뜨거운 줄 알면 만지지 않고
예리한 칼날이 무서운 줄 알면 손을 대지 않듯이
무엇이든 경험하거나 알면 방심하지 않으므로
화(禍)를 입지 않으며 피해를 보지 않으나
경험이나 앎이 부족하면 무엇이든 방심하게 되고
예사로이 생각하게 되므로
예기치 못한 크고 작은 화(禍)를 당할 수도 있다.

불이 뜨거운 줄을 모르고
손으로 잡았다가 손에 화상을 입으면
다시는 불을 손으로 잡지 않는다.

한 번 경험의 교훈이
평생 불을 가까이할 때마다 방심하지 않는다.

경험하면 방심하지 않게 되며
그러므로 불의 화(禍)는 평생 피할 수가 있다.

한 번의 경험이
평생 불의 화(禍)를 입지 않는 동기부여가
된 것이다.

삶 속에 크고 작은 어떤 화(禍)를 경험하든
그 화(禍)의 경험이 의식 속에 각인되었다면
언제나 그와 유사하거나 똑같은 상황이어도
방심하지 않고 미리 조심하게 된다.

미리 경험한 화(禍)가
예기치 못한 화(禍)를 막는 만복(萬福)의 계기가
된 것이다.

예기치 못한
재난이나 사고와 실패도 경험이 되어
그것이 화(禍)로써만 남아있는 것이 아니라
발전과 성공과 행복의 씨앗일 수도 있다.

그것이
전화위복(轉禍爲福)이다.

아픈 경험은
언제든 다시 반복하지 않는다.

그것이
삶의 경험에서 얻은 명백한 교훈이다.

그러나
의식의 감각이 무디고
체질화된 습관을 다스리지 못하면
예사로이 습관에 젖어 방심하게 되므로
아픔 경험이어도 또다시 거듭 반복하게 된다.

삶의 경험은 안목을 열어주고
삶의 자각은 자신의 어리석음을 일깨우며

현명함은 선택의 옳고 그름을 가름하고
지혜가 열린 정도에 따라
모든 것을 상황 따라 허와 실을 밝게 분별한다.

안목이 열림이 삶의 경험이며
자신의 어리석음을 깨우침이 자각이며
옳고 그름을 밝게 가름하여 선택함이 현명함이며
무엇이든 허(虛)와 실(實)을 명확히 분별함이
지혜이다.

지혜의 열림도 부족하고
현명함의 밝음도 부족하며
삶의 자각도 부족하고
삶의 경험도 부족한 것에는
무엇이든 예사로이 생각하므로
매사에 관심이 이끌려 괜한 충동적 호기심에
화(禍)를 자초할 수가 있으니
무엇이든 깊이 헤아리고 잘 살피며
심사숙고(深思熟考)해야 한다.

심사숙고(深思熟考)란
옳다고 생각해도
다시 또 점검하고 생각해보는 것이다.

무엇이든 최선을 다할 뿐
방심은 경솔함이며
돌다리도 두드려 봄은 명확한 확신을 위함이니
삶 속에는 상황에 따라 조그만 방심이
큰 화근이 될 수도 있다.

전화위복(轉禍爲福)은
자기 실수의 경험을 다시 반복하지 않음이며
아픔 경험이 약(藥)이 되게 함이다.

3. 고진감래(苦盡甘來)

고진감래(苦盡甘來)는
시련 끝에 즐거움이 온다는 뜻이다.

시련과
고통을 좋아하는 사람은 없다.

그러나
즐거움 속에는 자만하기 쉬워
마음 씀이 경솔해지고 거만해지거나
교만해지기는 쉬워도
의지가 굳고 단단해지지는 않는다.

시련과 고통을 겪으면
삶에 대한 새로운 시각을 열며
자만이 사라지고 의지가 굳고 단단해진다.

사람이나 만물이 상황에 따라
적응하기 위해 스스로 변화하고 진화하는 것은
만물이 가진 자연적 습성이다.

상황에 따라 시련은
마음에 아픔과 고통을 받으므로
누구나 삶의 시련을 겪고 싶지 않다.

그러나
삶의 환경은
다양한 관계 속에 이루어지는 생태이므로
스스로 적응하고 지혜롭게 대처해야 할 뿐
자기 뜻대로 살 수는 없다.

자연히
삶의 다양한 상황을 겪으며 적응하고
상황변화에 지혜롭게 대처하며 살다 보면
삶의 시련도 자기 성장에 도움이 되고
시련과 고통 속에 삶의 지혜를 얻게 된다.

경험하지 않으면 알 수가 없고
겪어보지 않으면 서로의 아픔을 공유할 수 없어
어떤 상황이든 수용하는 마음이 부족하면
마음 씀이 여유롭거나 성숙하지 못하고
이기적이거나 편협한 마음을 쓰게 된다.

그러나
시련과 고통을 겪으므로
상황에 대처하는 지혜도 생기고
더불어 남을 생각하며 수용하는 마음도 생기며

폭넓은 마음 씀은 서로를 이롭게 하므로
지혜가 부족한 시련을 점차 벗어나게 된다.

무엇이든 가만히 있다고
고진감래(苦盡甘來)가 되는 것은 아니다.

고진감래(苦盡甘來)는
시련과 고통 속에 삶의 지혜와 안목이 열리고
힘써 노력하다 보면 노력한 결과인
즐거움이 온다는 뜻이다.

자신 삶의 괴로움을
다른 사람이 대신해줄 수도 없고
자신 삶의 행복을
다른 사람이 안겨주는 것도 아니다.

노력하지 않으면 무엇이든 만족이 없고
노력 속에 의식이 성숙하고 안목이 열리며
만족한 상황을 도출하고 창출하게 된다.

시련과 고통이 힘겨워도
그것을 통해 얻음의 행복이 소중함을 알고
노력한 보람의 가치를 깨닫게 된다.

무엇이든
소중함을 알 때 가치가 있고

무엇이든 소중한 가치를 알 때
그를 통해 삶의 의미를 깨닫게 된다.

어떤 어려운 상황이든
자신의 의지와 용기와 지혜를 다 하다 보면
그것이 시련의 아픔과 괴로움이어도
그를 통해 삶의 소중한 행복도 얻게 됨이
고진감래(苦盡甘來)이다.

고진(苦盡)은 소중한 행복을 갖게 한 뿌리며
감래(甘來)는 고진(苦盡)의 뿌리에서 피어난
소중한 행복의 꽃이다.

봄이 온다고
꽃이 피어나는 것이 아니다.

추운 겨울을 지내며
꽃이 필 봄맞이 준비가 다 된 나무에서
봄꽃이 피어나는 것이다.

봄 되니
봄꽃을 예사로이 보아도
그 꽃은
고진감래(苦盡甘來)의 결과이다.

4. 흥진비래(興盡悲來)

흥진비래(興盡悲來)는
흥함이 다하면 슬픔이 온다.

흥함이란
성장하고 발전하며 번성함을 일컬으며
기쁨과 행복한 상태를 일컬음이다.

누구나
기쁨과 행복의 상태이면
그 상황이 항상 할 것으로 믿거나
항상 하기를 원한다.

대개의 사람은
기쁨과 행복을 누리려고만 하지
그 상황 자체를 당연하거나 예사로이 생각해
소중하고 감사하게 생각하지 못하므로
기쁨과 행복의 소중함을 놓치게 된다.

흥함 속에도
아픔과 슬픔이 있고

슬픔 속에도 기쁨과 행복이 있다.

왜냐면
삶 그 자체가 기쁨과 아픔과 행복과 슬픔 등
다양한 감정의 상황 속에 이루어지는
속성을 지니고 있기 때문이다.

흥함이어도 아픔과 슬픔이 없는 것이 아니며
흥함이 아니어도 기쁨과 행복이 없음은 아니다.

삶은 변화의 흐름 속에서
지금 상황 현재의 상태가 있다.

현재는 내일의 상황을 알 수 없는
변화의 흐름 변수의 상황 중이다.

자신의 삶이
만약, 흥함이라고 생각한다면
미래는 오지 않았으니 지난 과거이었거나
현재 상황이다.

만약,
지난 과거도 아니며, 현재도 아니며
자신의 흥함이 미래에 있다고 생각한다면
그 흥함은 미래가 아니라
곧, 꿈이다.

삶의 마음은 언제나
미래를 향한 무한 지향성과 가능성에 의지하므로
항상 내일은 오늘보다 나으리라는 의지를 품고
삶을 살게 된다.

그러므로
자신 삶의 흥함은 미래의 꿈인 이상에 두고
그 흥함의 삶을 생각하며 살게 된다.

그러나
미래는 나의 끊임없는 노력으로 이룩하고
해결해야 할 꿈이다.

꿈의 힘이 대단함은
현재의 나의 삶을 살아있게 하고
현재의 나를 성장 변화시키며
끊임없이 발전하게 하는 동기부여가 된다.

현재의 어떤 어려운 시련과 아픔도
부단히 견딜 수 있음은
미래를 향한 꿈의 의지 때문이다.

꿈은
삶의 의지를 갖게 하고
끊임없는 힘과 용기를 갖게 하며
어떤 시련과 고통도 능히 넘을 수 있는

극복의 힘을 갖게 한다.

자신의 삶 속에 가장 흥한 삶은
지나버린 과거도 아니며
시련 속에 노력하고 있는 현재도 아니며
꿈꾸는 미래도 아닌
꿈 그 자체가 자신 삶에 가장 흥한 삶이다.

그 꿈이
지난 과거를 무사히 지나게 했고
현재의 어떤 시련도 묵묵히 견디도록 하며
다가오는 보이지 않는 미래도
꿈의 시야에는 밝은 미래가 기다리고 있다.

삶의 상황은 변화의 파도와 같이
오름과 내림이 반복하는
삶의 밤낮과 춘하추동이 있으나
무한 가능성을 지닌 꿈만은 쇠퇴함이 없다.

만약, 꿈이 없으면
삶이 향할 의지의 초점을 잃게 된다.

그것은
삶을 좇을 의지와 용기와 극복의 힘을 갖게 하는
신기루와 같은 꿈의 이상이 사라지기 때문이다.

홍진비래(興盡悲來)가
삶의 흥망성쇠 변화를 드러냄이나
흥망성쇠 없는 무한 가능성을 지닌
삶의 희망이 풍성한 의지의 꿈이 사라지면
삶의 목적을 잃게 된다.

산에 불이 나
울창한 숲을 다 태워도
다시 세월이 가면 나무가 자라나듯

흥망성쇠의 아픔이 있어도
더 아파할 것 없으면 아픔도 극복하게 되고
극복한 삶의 안목과 지혜로
새로운 안목 시각의 삶을 살게 된다.

꿈을 잃은 초연함 속에는
더 넓은 수용의 세계가 초연함 속에 들어오고
한 차원 욕심을 넘어선 새로운 안목과
삶의 깊은 안목의 순수한 지혜가 열리고
급급하지 않은 새로운 시각의 삶을 살게 된다.

그것이
흥진비래(興盡悲來)의 아픔을 넘어선
초연함 속에 열린
깊고 확장된 삶의 순수 시각의 안목이다.

그것이
모든 욕망에 얽매임을 벗어버린
삶의 순수 심안(心眼)이다.

5. 인과응보(因果應報)

인과응보(因果應報)는
원인에 의한 결과는 당연히 있다.

인과응보(因果應報)는
인(因)의 과(果)와 과(果)의 인(因)은
반드시 있다.

이 말은 너무나 당연한 이치이며
이 말이 사실 아니면 삶의 모든 노력의 결과와
자연의 원리인 섭리에 의한 모든 현상과
과학적 이론과 결과의 모든 이치가 무너진다.

인(因)이란
어떤 결과를 일어나게 하는 씨앗인 원인이다.

인(因)은
어떤 결과를 일어나게 하는 조건이다.

과(果)는
어떤 원인에 의한 결과이다.

응보(應報)는
그것이 당연하다는 뜻이다.

숨을 쉬는 원인으로 생명을 유지하며
음식을 섭취하는 원인으로 삶을 살 수 있으며
노력의 원인으로 삶을 가꾸어 나감은
너무나 당연한 사실이다.

모든 존재가 있음은
그 존재를 있게 한 원인에 의함이며
모든 존재 그 어떤 변화의 결과도 당연함은
그 결과를 초래한 원인에 의함이기 때문이다.

자신이 존재하는 결과는
그 부모가 있음이 너무나 당연한 사실이다.

해가 뜨니 온 천지가 밝아지며
해가 지니 온 천지가 어두워지는 것은
너무나 당연한 사실이다.

만물이 그 모습이 다름은
그 모습 원인인 인성(因性)이 다르기 때문이며
모든 꽃이 피고 지는 시절이 다름은
그 꽃의 성질인 인성(因性)이 다르기 때문이다.

무엇이든 그 어떤 원인이 없다면

그 어떤 결과도 일어나지 않는다.

그 어떤 결과가 있음은
그 결과를 있게 한 원인이 있기 때문이다.

삶의 노력도
자신이 뜻한 바의 결과를 얻기 위한
인행(因行)을 쌓음이니
인행(因行)을 쌓음이 성숙하여 좋은 결과를
이루게 된다.

인과응보(因果應報)의 섭리는
원인에 따라 결과가 달라지는 자연적 섭리이니
사과나무를 심으면 사과 열매를 얻을 것이며
자두나무를 심으면 자두 열매를 얻을 것이다.

사과 열매가 열리기를 바라며
자두나무를 많이 심어도 사과가 열리지 않으며,
자두 열매가 열리기를 바라며
사과나무를 많이 심어도 자두가 열리지 않는다.

사과 열매를 원하면 사과나무를 심어야 하며
자두 열매를 원하면 자두나무를 심어야 한다.

눈에 보이는 인과응보의 섭리는
너무나 당연하게 생각하고 확신하며 이해를 해도

삶의 흥망성쇠 인과응보의 삶의 섭리 또한,
이와 다를 바 없음을 인식하기까지에는
그에 대한 이해의 안목이 열리는 의식성장이
필요하다.

삶의 어떤 변화의 결과이든
좋거나 나쁜 그 결과의 변화에는 반드시
그 원인이 있게 마련이다.

물질적 현상의 섭리이든
삶의 섭리이든
존재 세계의 모두가 원인에 의한 결과인
인과응보의 섭리에 의한 변화의 세계임은
다를 바가 없다.

인과응보의 섭리는 원인과 결과가
운명적으로 결정되고 고정된 섭리가 아니라
원인의 상황변화에 따라 결과는 당연히 변화하며
작용하는 원인 상태의 성질과 조건에 따라
그 상황의 결과는 당연히 달라지는
원인 변화의 작용에 의한 유동적 결과론이다.

모든 것이 원인에 의한 변화의 세계가
천지 만물변화와 운행의 세계이며
삶의 길흉과 흥망성쇠 변화의 세계이다.

삶을 되돌아보며
좋은 결과이든 나쁜 결과이든 살펴보면
반드시 그 원인이 있음을 깨닫게 되며
그 어떤 원인이 없었다면
그 어떤 결과도 일어나지 않는다.

사과의 열매를 원하면 사과나무를 심어야 하며
자두의 열매를 원하면 자두나무를 심어야 한다.

무엇이든
열심히 노력하는 것만이 중요한 것이 아니라
지금 자신이 행하는 것이 인과응보의 섭리에
바른 과(果)의 인행(因行)인가를 점검하는 것이
무엇보다 중요하다.

마음을 심전(心田)이라고 함은
무엇이든 심은 대로 거두어들이기 때문이다.

마음에 길(吉)을 심으면 길(吉)을 거두게 되며
마음이 흉(凶)을 심으면 흉(凶)을 거두게 된다.

마음에 복(福)을 심으면 복(福)을 거두게 되며
마음에 화(禍)를 심으면 화(禍)를 거두게 된다.

마음에 선(善)을 심으면 선(善)을 거두게 되며
마음이 악(惡)을 심으면 악(惡)을 거두게 된다.

마음에 선(禪)을 심으면 깨달음을 열게 되며
마음이 도(道)를 심으면 밝은 지혜를 열게 된다.

알게 모르게 마음에 무엇을 심었든
심은 대로 거두리니
이것이 자기가 심은 대로 거두는
인과응보 자업자득(自業自得)이라고 한다.

삶을 초연이 되돌아보면
모든 지난날이 우연이 아닌
자업자득(自業自得) 인과응보의 세계임을
스스로 깨닫게 된다.

꿈을 가지며 그 결과를 위해 열심히 노력함도
자업자득 인과응보의 섭리세계이며
그 결과의 성취도 자업자득 인과응보의 섭리이다.

인(因)이 없으면 과(果)가 일어나지 않으며
과(果)가 있음은 인(因)에 의함이니
이것이 인과응보(因果應報)의 세계이다.

혹시, 어떤 어려움이 있어도
안목이 두루 밝게 미치어
선천인(先天因)과 후천성(後天性)을 두루 살피면
좀 더 원만하고 후덕하지 못한 마음 씀의
인성(因性)으로 비롯한

자업자득(自業自得) 인과응보의 세계임을
깨닫게 된다.

심전(心田)에
밝음을 심으면 광명의 삶을 거둘 것이며
어둠을 심으면 어둠의 삶을 살게 될 것이다.

홀연히 안목이 열리면
피어나는 꽃을 보며
그 이치를 명확히 깨달아 밝게 볼 것이다.

무인(無因)이면 무과(無果)이며
유인(有因)이면 유과(有果)이다.

무인(無因)이어도
뜻한 바를 따라 인(因)을 심으면
유인(有因)이 됨이니
인연의 성숙을 따라 과(果)를 얻게 됨은
이 또한, 인과응보(因果應報)의 섭리를 따라
개화(開花)하게 된다.

6. 흥망성쇠(興亡盛衰)

흥망성쇠(興亡盛衰)는
삶의 다양한 변화의 모습이다.

흥(興)은 번창하고 성공함이며
망(亡)은 망하고 실패함이며
성(盛)은 발전하고 성장함이며
쇠(衰)는 쇠약해지고 줄어듦이다.

흥(興)은 꽃이 활짝 핌이며
망(亡)은 꽃이 짐이며
성(盛)은 꽃이 피어나고 있음이며
쇠(衰)는 꽃이 시들고 있음이다.

흥망성쇠(興亡盛衰)는
삶이 흐르는 과정의 다양한 모습들이다.

흥망성쇠(興亡盛衰)는
사람의 관점에 따라
또는, 뜻하는 일의 다양한 관점과 시각에 따라
달리 인식하고 평가할 수가 있다.

그것은
관점과 시각의 차이
또는, 좀 더 밝은 안목의 차원에서는
흥(興)이 흥(興)이 아니며
망(亡)이 망(亡)이 아니며
성(盛)이 성(盛)이 아니며
쇠(衰)가 쇠(衰)가 아닐 수도 있다.

흥(興)과 망(亡)은
어느 기점에서 본 결과론적이며,
성(盛)과 쇠(衰)는
어느 기점에서 본 진행 상황이다.

무엇이든 순리에는
성(盛)하므로 흥(興)하게 되며
쇠(衰)하므로 망(亡)하게 된다.

그러나 특별한 요인의 상황에는
성(盛)함 없이 흥(興)하거나
쇠(衰)함 없이 망(亡)하는 경우도 있다.

성(盛)과 흥(興)은 기쁨인 낙(樂)에 속하고
쇠(衰)와 망(亡)은 시련인 고(苦)에 속한다.

삶의 일상에
길을 가다 어쩌다 넘어진 사람도

땅에 의지해 일어나게 되고
넘어지지 않은 사람도
길을 가다 보면 어쩌다 넘어질 수도 있다.

삶에 망(亡)의 경우는
망(亡)함이 망(亡)이 아닐 수도 있고,
성(盛)이나 흥(興)함이
곧, 쇠(衰)의 길이며 망(亡)의 길일 수도 있다.

또한, 흥(興)함의 경우도
흥(興)함이 흥(興)함이 아닐 수도 있고,
쇠(衰)나 망(亡)함이 또 다른, 성(盛)의 길이며
흥(興)의 길일 수도 있다.

고(苦)와 낙(樂)도
그 사람이 감당할 수 있는 만큼 주어진다는
말이 있다.

무엇이든
그릇의 크기에 따라 물건을 담을 수 있고
연못의 크기에 따라 물의 양을 담을 수가 있다.

사람의 성품과 지혜의 차별에 따라
무엇이든 인지하고 수용하는 마음 씀의 관점과
시각이 다르다.

만약,
좋은 상황이 성(盛)하거나 흥(興)하여도
마음의 기질과 성품의 됨됨이가
더 많은 양을 담을 수 없는 한계를 지닌
복력(福力)의 그릇이면
마음에는 자만과 교만함이 일어나고
남을 가볍게 여기며 복(福)을 감하게 된다.

이는,
그 사람 복력(福力)의 한계에 다다라
더 담을 수 없음이니
더 큰 복력(福力)을 수용할 수 없는 자만과
그 교만한 마음 씀이
흥(興)함의 기운을 쇠(衰)하고 망(亡)하게 하는
동기부여가 된다.

그 원인은
마음 성품에 복력(福力)이 사라지기 때문이며,
또한, 성(盛)하고, 그 흥(興)함에는
반드시, 주위의 여러 도움이 있었기 때문이니
자신의 자만함과 교만함의 경솔한 마음 기질은
성(盛)함과 흥(興)함을 일어나게 하는
다양한 상생력(相生力)을 잃기 때문이다.

그릇의 한계를 넘으면
반드시 넘치니, 무엇이든 더 담을 수가 없다.

또한,
쇠(衰)하고 망(亡)함이 있어도
그 상황을 극복하고 수용할 그릇이 되어
누구를 탓하기보다
그 상황의 원인과 자신을 돌아보며 점검하고
망(亡)의 경험으로 다시 의지를 일깨우며
흥(興)함을 위해 불굴의 정신으로 노력함은
망(亡)의 아픈 경험을 잊지 않은
굳은 의지의 정신력 때문이다.

흥망성쇠(興亡盛衰)는
자연적 운(運)의 흐름이 아니라
지혜의 열린 차원에 따른 안목의 마음 씀과
직면한 상황을 분별하는 선택의 방향성과
관계상황을 해결하는 상황대처 능력을 통해
형성되는 상황 변화의 흐름이다.

무엇이든
자기 일을 상황과 남의 탓으로 돌리는 것은
아직 자신 의지와 행동의 허와 실을 돌이키는
현명한 지혜가 부족하기 때문이다.

무엇이든
행위의 선택과 결정은
자신일 뿐, 무엇을 탓할 수가 없다.

흥망성쇠(興亡盛衰)는
삶의 다양한 흐름일 뿐 고정된 것이 아니며,
특별히 흥(興)이나 망(亡)이 아니어도
성(盛)과 쇠(衰)의 잔파도의 흐름 속에
보편적 삶을 사는 사람이 대부분이다.

큰 뜻을 가져 이루려 하다 보면
다양한 상황의 관계 속에
성(盛)하고 쇠(衰)하기도 하며
흥(興)하기도 하고 망(亡)하기도 하며
그런 경험 속에 안목을 열고 삶을 터득하며
삶에 대한 지혜를 두루 열어가게 된다.

경험하지 않으면 어떻게 알 것이며
깊은 안목이 열리지 않으면
무엇이든 밝게 분별하거나 알 수가 없으니
삶은 다양한 상황 속에
경험하지 않은 것에 부딪히며 경험하게 되고
상황을 맞닥뜨린 경험과 지혜의 부족으로
흥망성쇠(興亡盛衰)의 삶을 경험하며
안목을 여는 것이 삶의 과정들이다.

흥(興)이어도 자만하거나 즐거움보다
오히려 겸손해야 하며,
망(亡)은 삶의 깊은 안목을 여는 경험이니
자신을 점검하고 일깨우며

의지를 북돋우는 밝은 지혜를 열어야 한다.

아픔이 깊을수록
다시는 그 아픔을 경험하지 않을 것이며
즐거움이 봄날과 같이 기쁨이어도
영원하지를 않다.

삶은
자신을 경영하는 길이니
그 길은 흥망성쇠(興亡盛衰)의 경험 속에
자신의 부족함을 일깨우고
자신의 마음과 행동을 다잡게 하며
현명한 지혜를 여는 다양한 경험의 인생길이다.

지금까지 경험한 흥망성쇠(興亡盛衰)가
내일의 흥망성쇠(興亡盛衰)의 길을 선택하는
현명한 판단과 결정의 안목을 갖게 한다.

삶은 상황에 따라
독(毒)도 약(藥)이 되며
약(藥)도 독(毒)임을 깨닫게 됨이니
이는 곧, 흥망성쇠(興亡盛衰)의 경험으로 터득한
삶을 보는 깊은 안목의 지혜이다.

흥(興)과 망(亡)과 성(盛)과 쇠(衰)가
약(藥)이면, 그것이 현명함이 열린 지혜이며,

흥(興), 망(亡), 성(盛), 쇠(衰)가
다, 독(毒)이거나
어느 것 하나가 독(毒)이면
아직 삶의 지혜와 안목이 부족함이 있다.

무엇이든 버릴 것이 있으면
아직 깊은 안목의 열림이 부족함이 있음이니
만약, 무엇 하나 버릴 것이 없으면
삶의 지혜를 두루 통달함이다.

7. 타산지석(他山之石)

타산지석(他山之石)의 뜻은
다른 산에 있는 가치 없는 하찮은 돌이라도
옥(玉)을 갈고 다듬는 연마의 숫돌로
이롭게 사용한다. 는 뜻이다.

이 말의 뜻은
타인의 부족한 점이나 결점을 탓하지 않고
오히려 그 점을 돌이켜 교훈 삼아 자신을 살피며
자신의 품격을 다스림에 이롭게 함이다.

누구나 부족한 점이 있을 수 있으며
남의 부족한 결점은 쉽게 눈에 보여도
자신의 부족한 단점을 인식하거나
되돌아보기는 쉽지 않다.

그러므로 어떤 사람을 보든
배울 점이 있음은
나보다 나은 사람에게는 그 사람을 통해
좋은 점을 배워 나를 이롭게 하며,
나보다 부족한 사람에게는 그 사람을 통해

나의 단점을 점검하고 고치는 계기가 된다.

어떤 상황이든
보는 자의 정신 상태와 마음가짐에 따라
상황을 수용하고 인식함이 다를 수 있으니
어떤 상황이든 그 사람 마음 씀의 인품과
자기 다스림의 행위 품격이 드러난다.

자기 다스림이 부족한 사람은
자기보다 나은 사람은 흠을 잡거나 시기하며
자기보다 못한 사람은 멸시하거나 무시한다.

이러한 마음 씀의 행동은
자기 다스림이 부족한 행동이 드러남이니
아직, 지성의 품격과 인품을 갖추는 안목이 없어
자기 가치를 위한 노력과 일깨움이 부족하므로
자기 다스림의 경영이 부족한 모습이
드러나게 된다.

타산지석(他山之石)과 유사한 뜻을 가진
반면교사(反面敎師)란 말이 있다.

반면교사(反面敎師)는
반면(反面)은 반대나 부정적인 측면을 일컬으며,
교사(敎師)는 가르침의 스승이다.

반면교사(反面敎師)의 뜻은
사람이나 사물(事物)의 결점이나
옳지 않은 부정적인 면을
오히려 자신을 점검하고 가르치는 스승으로 삼아
가슴에 새기며 자신이 그렇게 되지 않도록
자기 자신을 경영하고 다스림이다.

반면교사(反面敎師)의 뜻에는
뜻을 가져 노력하여도
성취하지 못하거나 실패하여도
후회를 하는 것이 아니라
오히려 자신을 점검하며 돌이켜 반성하고
그 경험을 스승 삼고, 거울삼아
다시는 그런 일이 없도록 함이다.

후회는 자신의 어리석음이 드러남이며
반성은 자신의 지혜나 경험 부족이 드러남이다.

후회는 삶의 시간을 되돌릴 수 없는
어리석은 삶을 산 것이며,
반성은 삶의 시간이 어리석음이 아니라
다음의 일을 성취하게 하는
칠전팔기(七顚八起)의 초석을 다짐이다.

사람의 성품이
오만하지 않고 자만하지 않으며

교만함이 없고 진실하고 겸손한 성품이면
자기 다스림이 성숙한 사람이니
무엇을 보건 무엇을 듣건
자기를 일깨우는 마음가짐이 성숙하여
옳음과 그름의 그 어떤 무엇에도
배움의 자세를 잃지 않는다.

세상에 꽃들이 다양해도
꽃마다 모습이 다르고 향기가 다름은
그 꽃의 뿌리와 씨앗의 성질이 다름이니
사람 또한, 마음 씀의 성품이 다른데
어찌, 그 품격의 가치가 같을 수 있으랴?!

사람이
어떤 꽃을 좋아하고 어떤 꽃을 싫어함은
사람 각자의 취향과 성품의 차이는 있겠으나
어떤 꽃은 좋아하고 어떤 꽃은 싫어함에는
그 꽃의 성품이 풍기는 모습과 향기를 따라
좋아함이 다르다.

그러나 누구든
꽃이 아름답고 우아하며 돋보이고
향기가 특별한 가치 있는 것을 누구나 좋아함은
꽃 중에 돋보이고 아름답기 때문이다.

누구나
꽃을 보는 안목도 그러하니
사람의 품격을 느끼고 가름하며 인식하는 시각은
그보다
더 깊으리라.

8. 근묵자흑(近墨者黑)

근묵자흑(近墨者黑)은
먹을 가까이하는 자는 검어진다.

이 뜻은,
어떤 사람을 가까이하느냐에 따라
그 사람의 영향을 받으며
자신도 모르게 물이 든다는 뜻이다.

사람을 대함에 차별을 두지 않아도
사람에 따라 인품의 됨됨이가 다르므로
사람을 가까이하다 보면
그 사람의 나쁜 점이라도 닮을 수 있으니
사람을 사귐에는 가려야 한다.

사람의 관계에서는
뜻이 같지 않으면 친하기 어렵고
이상이 같지 않으면 진심을 열기 어려우며
진실하지 않으면 가까이하기 어렵고
가식이 많으면 믿을 수가 없다.

논어(論語)에
익자삼우(益者三友)와 손자삼우(損者三友)에
대한 말이 있다.

익자삼우(益者三友)는 이로운 벗이 셋이며
손자삼우(損者三友)는 해로운 벗이 셋이다.

익자삼우(益者三友)인 이로운 세 벗은
우직(友直), 우량(友諒), 우다문(友多聞)이다.

우직(友直)의 벗은
성품이 곧고 바르며 의(義)를 존중하고
절개가 있으며 정직한 사람이다.

우량(友諒)의 벗은
성품이 진실하고 참되며 덕(德)을 존중하고
어질고 가볍지 않으며 도량이 넓은 사람이다.

우다문(友多聞)의 벗은
성품이 지혜로워 학식(學識)이 깊고
견문(見聞)이 넓으며 학(學)을 즐기고
이(理)를 존중하며 지성(知性)을 두루 갖춘
사람이다.

이런 품성이 돋보이는 좋은 벗이 있으면
자신이 잘못될 수가 없음은

이런 벗을 통해 자신의 부족한 점을 일깨우고
자신의 품격을 향상할 수가 있기 때문이다.

또한,
손자삼우(損者三友)인 해로운 세 벗은
우편벽(友便辟), 우선유(友善柔),
우편녕(友便佞)이다.

우편벽(友便辟)의 벗은
성품이 천하고 비굴하여 아첨하기를 좋아하고
남의 비위를 맞추어 덕 보기를 좋아하며
진심 없는 아부성의 감언이설로 마음을 현혹하고
의리도 없고 믿음도 없는 사람이다.

우선유(友善柔)의 벗은
성품이 유약하여 의지가 약해 줏대가 없으며
마음은 착해도 성실함이 없어 변덕이 심하고
기백이 없어 매사에 불평과 탓하기를 좋아하며
매사에 어려움 없는 쉬운 것만 선택하려 할 뿐
진취적인 정신과 극복 의지가 부족한 사람이다.

우편녕(友便佞)의 벗은
성품이 위선이라 거짓과 가식이 많고
말은 풍성하고 대단한 것 같아도 실속이 없으며
항상 말만을 앞세울 뿐 실천이 없고
무슨 상황이든 모면하고자 임기응변할 뿐

말과 행동이 달라 신뢰할 수 없는 사람이다.

이런 성품의 사람을 가까이하다 보면
보고 듣는 것이 그 사람의 말과 행동이므로
자신도 좋지 않은 물이 들 수가 있고
이런 벗을 믿으면 자신이 이용당할 수도 있으며
이런 사람을 벗으로 가까이할수록
오히려 자신의 품격이 더욱 손상될 수도 있다.

근주자적(近朱者赤)이라는 말이 있으니
이는, 붉은색을 가까이하면 붉어진다는 뜻이다.

약재 등 다용도로 쓰이는 붉은 색 광물인
주사(朱砂)를 가까이하다 보면 붉은색이
묻을 수도 있다.

풀밭에서 놀면 풀물이 들 수도 있고
진흙에서 놀면 진흙이 묻을 수도 있으며
물을 가까이하면 물에 젖을 수도 있고
불을 가까이하면 불에 델 수도 있으며
향을 가까이하면 향냄새가 몸에 밴다.

예사로이 생각하며
보고 듣는 것도 가까이하고 거듭하다 보면
어느덧 습관이 되어 익숙해져 물들 수가 있으니
자신의 가치와 발전을 도모하여 돋보이게 하고

의식의 성장을 일깨워 자신의 격을 상승하며
훌륭한 지성의 품격으로 도약하고자 하면
자신 습관과 성격과 언행과 행동을 고쳐 다잡고
매사에 습관으로 예사로이 생각한 것에 대해
멀리할 것과 가까이할 것을 명확히 구분하며
자신을 다스리는 의지의 현명한 실천과 행동이
무엇보다 필요하다.

어떤 열매의 씨앗이든
주어지는 상황의 환경과 영양 공급에 따라
그 결과는 달라진다.

사람의 삶은
보고, 듣고, 생각하며, 행동함이 삶이다.

사람 품격의 차별과 개별적 특성은
어떻게 보고, 어떻게 들으며, 어떻게 생각하고,
어떻게 행동하느냐의 그 차별에 따라
그 사람이 배우고 노력하며 성장한 삶의 가치와
자기 품성을 닦은 이성적 안목의 깊이인 품격과
지성을 갖춘 그 사람 사회성 가치의 성숙함이
모두 드러나게 된다.

돋보이게 품격 있도록 잘난 척하는 것과
돋보이고 품격 있으며 잘난 것과는 다르다.

어떤 상황에 어떤 행동을 하든
아직 자기 다스림이나 배움이 부족하면
아무리 돋보이려 해도 그 어설픔이 묻어나고

자기 다스림이나 배움이 성숙하면
아무리 숨기고 감추어도 그 성숙한 품격이
눈빛 하나, 손끝 하나, 말씨 하나,
행동 하나에도 성숙함이 드러나며 풍기므로
감출 수가 없다.

더군다나
근묵자흑(近墨者黑)으로 검은 것이 묻어있거나
근주자적(近朱者赤)으로 붉게 물들어 있거나
익자삼우(益者三友)로 좋은 벗 가까이하였거나
손자삼우(損者三友)로 물들어 품격이 없어도
그 개인사는 알 바가 없으나
그 습관화된 익숙함은
어디를 가거나 어디에 머무르거나
누구를 만나도
숨기고 감출 수가 없다.

9. 결자해지(結者解之)

결자해지(結者解之)는
맺은 자가 풀어야 한다.

결자해지(結者解之)의 뜻은
상황 따라 해석하고 응용할 수가 있다.

그 뜻은
시작한 자는 끝맺음을 해야 한다.
매듭을 맺은 자가 풀어야 한다.
원인을 제공한 자가 해결해야 한다.
뜻을 세운 자는 이룩해야 한다.

결자해지(結者解之)는
상황에 대한 인식과 책임을 일깨움이다.

결자해지(結者解之)와 유사한 뜻을 지닌 말이
자업자득(自業自得)이다.

자업자득(自業自得)은

내가 한 것은 내가 거둔다.
내가 지음으로 내가 얻는다.

결자해지(結者解之)와
자업자득(自業自得)의 차이는

결자해지(結者解之)는 원인에 대한 해결이며
자업자득(自業自得)은 결과에 대한 원인이다.

결자해지(結者解之)는
상대와의 이해관계에 대한 결자해지도 있으며
일에 대한 결자해지도 있으며
자기 자신에 대해 해결해야 할 결자해지도 있다.

결자해지(結者解之)는
자기 의무와 책임을 다해야 함을 일깨움이다.

상황에 따라 다소 다를 수가 있겠으나
의무와 책임의 부분에 있어서
문제를 자기가 일으켜놓고
남이 해결해주기를 바라서도 안 되며,
일을 자기가 벌여놓고
남이 해주기를 기다려서도 안 되니,
책임 소재를 따라 자기 의무와 책임은
자기가 해결하려고 노력해야 한다.

결자해지(結者解之)에 대해
심리적 상황의 현실을 비추어보면
마음의 아픔이나 상처, 괴로움이나 번민 등은
그 원인은 다양한 요인적 원인이 있겠으나
자기의 마음은 자기 내면의 문제이니
자기가 스스로 해결하지 않으면
누가, 보이지 않는 자기의 마음을 풀어주고
해결해줄 사람이 없다.

상황에 따라,
타인이 도움되거나, 도움은 받을 수는 있으나
자신의 이해관계와 감정이 얽매인
자기 내면 마음의 문제는
자신의 현명한 지혜와 다양한 방법을 통해
풀어야 하며, 감정의 얽매임을 벗어나야 한다.

마음의 결자해지(結者解之)를 논하는 것은
마음은 삶의 바탕이며 기본이니
마음에 삶의 모두가 투영되고 인식하므로
마음의 상태에 따라 삶의 기쁨과 괴로움
행복과 불행을 인식하고 느끼게 되니
마음을 항상 긍정적이며 좋은 상태로
이끌어야 하기 때문이다.

마음이
세상을 살아가는 자기의 주관자며 실체이니

마음에 아픔이 있거나 상처나 괴로움이 있으면
삶의 의욕을 잃게 되고
다양한 부정적 시각을 가질 수 있으니
마음의 건강은 삶의 기본이다.

마음의 아픔과 상처를 위로받고 치유하는
다양한 방법이 있으니
자기가 자기 마음건강을 위해 노력하고
자기 마음을 치유하지 않으면
보이지 않는 그 마음을 남들이 위로하며
위하는 것에도 한계가 있다.

마음은 항상 고정되어 있지 않고
움직이며 반응하고 멈춤 없이 작용하니
자기 마음의 주인은 자기이므로
보이지 않는 자기 마음을 다스림은
자기가 해결하도록 노력해야 한다.

이 사회는 성인(聖人)의 사회가 아니므로
이성과 지성이 깨어남이 부족하여
남을 배려하지 못하는 각종 성격의 사람들이
서로 함께하는 곳이므로
상황에 따라서 배려하지 못하는
성숙하지 못한 상대의 모난 성격에
마음이 상처를 받을 수도 있다.

그러므로 삶에는
항상 자기 마음을 건강하게 다스리는
다양한 법을 터득하여 마음을 다스리므로
항상 건강한 마음을 가질 수가 있다.

결자해지(結者解之)의 뜻을 생각하면
다양한 상황을 인식하게 하고
현명한 지혜를 도모하게 하는 것으로
자기가 자기 마음의 얽매임을 치유하고
벗어나야 함을 일깨우기도 한다.

어떤 원인으로
마음에 어떤 감정의 매듭이 맺혀 있든
그 매듭이 맺힌 곳이 자기 마음이니
바람이 허공의 심장을 할퀸다고
허공에 상처가 생기지 않으며,
어둠과 밝음이 허공을 가득 채워도
허공은 밝음에도 어둠에도 물들지 않는다.

자기 마음에 맺힌 매듭은
그 원인은 다양할지라도 자기 마음의 매듭이니
자기가 풀어야 한다.

그 까닭은
결자해지(結者解之)이기 때문이다.

10. 시시비비(是是非非)

시시비비(是是非非)는
옳고 옳으며, 아니고 아니다.
옳으니 옳다 하고, 아니니 아니라고 한다.

시시비비(是是非非)를 줄여
옳고 그름인 시비(是非)라고도 한다.

시(是)와 비(非)는 서로 반대의 뜻이다.

무엇이든
옳고 그름을 명확히 분별하고 아는 것은
옳고 그름을 판단하는 지혜가 있어야 한다.

시(是)와 비(非)는
무엇이든 명확히 보는 바른 지혜일 뿐
무엇에 동조(同調)하는 것은 아니다.

동조(同調)의 시비(是非)는
지혜와는 다른 또 다른 관점에서 살펴야 한다.

지혜의 시비(是非)는
옳고 그름의 명확한 바른 판단이므로
이와 저, 공존하는 둘이 없으며

동조(同調)의 시비(是非)는
뜻에 의한 동조(同調)의 시비(是非)이니
이와 저가 갈라져 둘이 된다.

시(是)와 비(非)를
명확히 분별하는 지혜가 없으면
무엇이 옳고, 무엇이 그른지를 모르며,
또한 옳다 하여도 무엇 때문에 옳은지
또한 아니다 하면 왜 아닌지를 알 수가 없다.

시비(是非)를 또한
서로 자기는 옳고 상대는 그르다고 하는
논쟁과 싸움의 뜻으로도 사용하기도 한다.

그러나 그것은 아직 서로가
무엇이 옳으며 무엇이 옳지 않은지를
모르기 때문에 서로 시비(是非)를 가리지 못해
서로 자신이 옳다 하고, 상대는 옳지 않다고
서로 주장과 뜻을 달리하며 편을 가르고
동조(同調)하는 시비(是非)이다.

무엇이든 옳음을 명확히 알 때

옳지 않음을 또한 분명히 알게 된다.

옳음을 명확히 알지 못하면
옳지 않음도 확실히 알 수가 없다.

시비(是非)의 근본은
시비(是非)에 있는 것이 아니라
오직, 옳음을 정립(定立)하고자 하는
분별의 모습이며 과정이다.

일상의 사소한 언쟁의 시비(是非)는
서로 이해 부족으로, 또는 이해관계로
또는, 자기의 이로움을 위해
누가 잘했고 잘못했음을 따지려 할 뿐
정의(正義)나 정의(定義)의 시비(是非)를
논하는 것은 아니다.

정의(正義)나 정의(定義)에 있어서
시시비비(是是非非)를 가리는 것은
시비(是非)를 가릴 정도의 전문적인 지식과
지혜가 있어야 한다.

정의(正義)와 정의(定義)의 차원은
일반적인 상식으로부터
깊은 지혜의 차원에 이르기까지 서로 다른
차별의 차원이 있다.

정의(正義)는
진리와 이치와 정당한 법의 바름을 뜻한다.

정의(定義)는
무엇을 규정하고 결정하며 갈래를 정하는
법칙을 뜻한다.

정의(正義)의 의(義)는 진리와 섭리이며
정의(定義)의 의(義)는 논(論)의 주체이다.

정의(正義)의 정(正)은 진리의 바름이며
정의(定義)의 정(定)은 논(論)을 규정함이다.

정의(正義)의 주제와
정의(定義)의 주제에 따라 옳고 그름의
시비(是非)를 가리는 것은
그에 대한 전문적인 지식이 없으면
시시비비(是是非非)를 가름할 수가 없다.

시시비비(是是非非)의 지혜는
시비(是非)의 주체를 명확히 가름하는 안목으로
시비(是非)의 옳고 그름을 분별하게 된다.

진리의 시시비비(是是非非)를 가름하는 것은
곧, 지혜 밝음의 깊이이다.

시시비비(是是非非)는 논쟁이 아니라
곧, 모든 것을 바로 보는 지혜이다.

일상적인 이해의 관계는
생각과 상황에 따라 옳고 그름이 다르겠으나
진리의 세계는
이해관계에 따라 달라지는 것이 아니며
진리가 여러 개로 나누어질 수 없으므로
진리의 정의(正義)는 옳음과 그름을 가름함이
진리에 의거하여 명확하고 분명해야 한다.

사람마다 다르고, 상황마다 다르며
생각마다 다르다면 그것은 진리가 아니라
진리로 인식하고 있는 자신의 관념일 뿐이다.

진리의 실체는
모든 옳고 그름의 시비(是非)가 끊어졌으며
그 진리의 실체에 의해, 또한 모든 차별의
조화로운 세계가 생성되기도 한다.

쉽게 비유하자면
날카로운 칼날의 정중(正中)은
이쪽과 저쪽도 아니며
이쪽도 저쪽도 없으므로 정중(正中)도 없다.

정중(正中)이란

이쪽에서와 저쪽에서 본 차별 시각일 뿐이다.

그러나, 이쪽도 저쪽도 없는
그 정중(正中)이 있으므로
이쪽과 저쪽이 존재하게 되는 것이다.

만약, 정중(正中)이 없으면
이쪽과 저쪽도 사라지게 된다.

정중(正中)은 이쪽도 저쪽도 없고
이쪽도 아니며 저쪽도 아니지만
정중(正中)이 존재하므로 이쪽도 있고
저쪽도 존재하는 것이다.

정중(正中)은 이쪽과 저쪽이 없고
또한, 이쪽도 저쪽도 아니어도
이쪽과 저쪽을 존재하게 하는 근원이며
실체이다.

또한, 상황에 따라
사회적 정의(正義)도 진리라고 하니
이 진리는 모두를 이롭게 하는 사회 법으로
사회적 통념(通念)일 뿐
천지 운행의 섭리인 불변의 진리가 아니다.

시대에 따라 변하고

의식의 차원에 따라 바뀌며
어느 특정한 장소와 때에 따라 달라지는 진리는
불변의 진리가 아니라 그 사회 법으로
서로 다른 사회의 통념(通念)과
그 사회를 이루는 사람들 의식체계 관념에 따라
서로 차별이 있으며 다르다.

인간 사회에 사회적 인간 삶의 필요에 따라
그 사회 관념과 통념(通念)을 따르는
사회적 정의(正義)의 법을 규정하여 세움은
사회적 안정과 행복한 삶을 도모하고자 하는
인간 삶의 사회 안정법이다.

시시비비(是是非非)를 논하며
시비(是非)를 가림은 서로 다투고자 함이 아니라
정(正)의 개념을 정립하고 확립하고자 함이다.

정(正)을 확립하지 못하고 바로 세우지 못하면
정의(正義)가 실종되기 때문이다.

진리적 정의(正義)이든
사회적 정의(正義)이든
정(正)을 확립하지 못하면
정의(正義)를 상실하게 된다.

그러므로

시시비비(是是非非)를 논하고
시(是)와 비(非)를 확립하고 바로 잡음은
정의(正義)가 모든 것의 가치와 삶의 근본인
기준이며 중심적 가치이기 때문이다.

정의(正義)를 확립하지 못하면
그 사회는 정의를 확립하지 못해 무질서해지며
천지운행은 변함없는 정의의 질서가 파괴되어
우주 만물이 사라지게 된다.

정의(正義)는 그만큼 중요하므로
옳은 것은 옳은 것이며
옳지 않은 것은 옳지 않음을 분명히 확립함이
시시비비(是是非非)를 가림이며,
정의(正義)인 옳음의 시(是)와
정의(正義)가 아닌 옳지 않은 비(非)를
명확히 하고, 분명히 확립하고자 함이
시시비비(是是非非)를 가림이다.

시시비비(是是非非)에는
개인적 삶의 자기 주관과 뜻에 따라
또한 옳고 그름의 시비(是非)를 스스로 가림은
이는, 자기 삶을 뜻과 같이 올곧게 살고자 하는
자기 일상의 마음 씀과 행위를
자기 뜻에 의한 정의(正義)로 두루 다스리므로
자기 뜻을 분명히 명확히 확립하고 점검하는

자기 삶의 차원이다.

시시비비(是是非非)를 가리는
시비(是非)의 안목이 뚜렷하지 않으면
어떤 좋은 뜻을 가졌든 그 뜻을 위한
자기 다스림의 정의(正義), 삶의 기준이 없어
그 바람직한 삶의 길을 확립할 수가 없다.

옳은 것은 옳은 것이며
그른 것은 그른 것인
시시비비(是是非非)가 명확할수록
자기 뜻에 의한 명확한 자기 궤도 확립의 삶을
살 수가 있다.

정의(正義)의 시시비비(是是非非)를 가리는
옳고 그른 시비(是非)의 마음이 뚜렷이
살아있지 않으면
뜻한바 삶의 방향 길을 잃게 된다.

11. 역지사지(易地思之)

역지사지(易地思之)는
처지를 바꾸어 생각하다.

대부분 이해관계에서 오는 옳고 그름은
상대의 입장을 생각하거나 이해해 보지 않은
자기 생각의 관점과 주장에 의해서이다.

모든 생각의 주체는 자신이며
인식에 의한 생각과 분별과 판단은
자기 인식의 관점에 의함이므로
상대의 입장에서 생각하거나 이해한다는 것은
쉽지 않다.

왜냐면,
서로 인식하고 생각하는 사고와 판단의 관점이
다를 수 있기 때문이다.

그렇게 되는 까닭은
서로 경험이 다르고, 가치의 기준이 다르며
인식의 시각과 앎의 차원이 달라

서로 관념과 사고의 판단이 다르기 때문이다.

무엇보다, 자기 생각과 주장에는
자기가 생각하는 옳고 그름의 시각과
자기 생각에 치우친 인식의 감정을 내려놓기가
쉽지 않다.

그러나 경험을 더 하고 세월을 살다 보면
자기가 생각했던 정당하고 옳음이
생각이 성숙하면 옳음이 아닐 수도 있고
다소 옳다 하여도 상대의 입장을 이해 못했거나
배려하지 못한 생각으로 부족했든 점이
있을 수도 있다.

지금의 옳음이
경험을 더하고 배움을 더하며 세상을 살다 보면
자기 생각이 부족했고
경험이나 안목이 미치지 못한 부족함을
자각할 수도 있다.

왜냐면,
상황에 따라서는 옳고 그름보다
서로를 배려하는 넉넉함이 더 중요할 수도 있고
서로 이해하며 위하는 보살핌이
더욱 중요할 수도 있다.

삶을 살다 보면
서로 배려하거나 이해하지 못해
서로의 주장을 하다 보면 그것이 시비가 되어
서로 배려하고 이해함이 부족함은 생각지 못하고
서로 옳고 그름만 따지는 경우가 있다.

일상의 삶 속에 대개 옳고 그름의 경우
서로 이해하고 배려하면 되는 문제를 가지고
서로 사소한 옳고 그름으로 다투는 경우가 있다.

특별한 경우는 다르겠으나
일상의 삶에는 서로 배려하고 이해하지 못하므로
잘잘못을 다투게 되는 경우가 허다하다.

정작, 옳고 그름을 따지는 것보다
서로 가까운 관계일수록 배려함의 부족에서 오는
시비의 경우가 허다하다.

그러나 자기감정이 앞서다 보면
이해하고 배려하면 문제 될 것 없는 것을 가지고
서로 잘못이 없음을 감정적으로 해결하려다 보면
역지사지(易地思之)를 생각할 겨를이 없다.

감정이 앞서다 보면
정작, 옳고 그름을 가름하는
성숙한 이성(理性)과 당연한 지성적 노력보다

감정에 치우쳐 상대의 잘못을 탓하려는
감정적 의도가 앞설 때도 있다.

삶의 경험을 더 쌓고 마음이 성숙하다 보면
남의 잘못이 자신의 부족함으로 비롯하였음을
깨닫게 된다.

마음이 상대를 배려하고 이해하며 수용할
성숙한 마음의 여유 공간이 없으면
자기 입장과 감정에만 치우쳐 상대를 다그치고
탓하는 성숙하지 못한 감정적 행동만 하게 된다.

역지사지(易地思之)는
상대의 입장에서 생각해보며
상대를 배려하고 이해하는 관점에서 생각함이다.

말은 그러하나
모든 생각의 주체는 자기 사고에 의함이니
입장을 바꾸어 상대의 입장에서 생각한다는 것이
그렇게 쉽지를 않다.

그러나
역지사지(易地思之)를 생각하지 않으면
서로 배려하는 성숙한 마음이 없어
서로의 관계는 멀어지며
옹졸한 마음을 가진 배려 없는 마음으로는

누구나 외면하므로 인간관계가 화목하지 못하여
삶이 고독할 수도 있다.

특별한 상황이 아니면
옳고 그름을 가름하는 것보다
배려와 이해가 모든 문제의 해결점일 수도 있다.

서로 배려하고 이해하지 못하므로
옳고 그름을 따지는 경우가 일상사의 태반이기
때문이다.

또한, 역지사지(易地思之)가
상대와의 관계가 아닌
자신이 옳다고 생각하는 판단과 결정을
바꾸어 생각해 봄도 역지사지(易地思之)의
뜻이다.

자기 생각과 판단과 결정이
반드시 옳을 수가 없으며
그 결과가 자기 생각과 다를 수도 있기 때문이다.

돌다리도 두드려보고 건너며
아는 길도 물어보는 것이
내 생각이 옳지 않을 수도 있으며
나와 다른 경험과 지혜를 가진 사람의 조언을
경청할 필요가 있다.

만약, 모든 이들이
자기의 생각과 판단과 결정이 반드시 옳다면
누구나, 실패가 없을 것이며
삶 속에 후회와 반성이 없을 것이다.

삶은
경험 부족으로, 또는 현명하지 못해서
또는 지혜가 없어 실수도 하고 실패도 하며
경험을 쌓아가며 지혜를 얻게 되고
세월의 노력 속에 삶의 지혜가 성숙하게 된다.

삶은 항상 노력하며 경험하여도
생각과 판단과 결정에는 자신이 모르는 부족함이
있게 마련이다.

그러므로
어떤 상황에 자기 생각과 판단과 결정에
다시 한번 되돌려 역으로 점검하고 생각하며
역지사지(易地思之)의 입장을 살피는
현명한 자기 점검이 필요하다.

실패에 대한 후회와 반성에는
상황에 따라 다시 한번 되돌려 깊이 생각하는
역지사지(易地思之)의 현명한 자기 점검이
없었기 때문이다.

돌다리도 두드려보고, 아는 길도 묻는 것이
용기와 지혜가 없어서가 아님이니
자신의 안목이 미치지 못함에 의한 실수나
되돌려 깊이 생각하지 못한 경솔함의 후회를
사전에 없애기 위함이다.

누구나 어떤 상황이든
자신의 시각과 안목이 미치지 못하는 사각이
있게 마련이다.

그렇게 삶을 더해가면
안목은 깊어지고, 견해는 더욱 밝아지며
삶의 지혜는 더욱 밝게 열어가게 된다.

배우지 않았고, 보지 않았으며
경험하지 않은 것은 누구나 실수할 수가 있다.

그러나 또한,
배웠고, 보았으며, 경험한 것이어도
욕심이 앞서거나, 감정에 이끌리다 보면
생각함이 깊지 못한 결과로 실수할 수도 있다.

또한,
다른 사람의 눈에는 잘못함이 눈에 보여도
자기의 욕심과 감정에 이끌리면
그 잘못을 인식하지 못하거나 놓칠 수도 있다.

삶의 다양한 상황에서
또한 삶의 다양한 관계 속에서
역지사지(易地思之)는 자신의 부족함을 일깨우고
성숙하지 못한 안목을 열어주는 길이다.

자신이 지금 어떤 상황이든
또한, 어떤 인간관계를 이루고 있든
또한, 자신의 위치와 역량이 어느 지위에 있든
자신의 부족한 점을 일깨우고
경솔함과 후회 없는 삶을 위해 일깨우는
역지사지(易地思之)를 깊이 생각해보는 것도
인간관계를 원활하고 화목하게 하며
일의 잘못의 실수를 제거하는 지혜의 길이다.

역지사지(易地思之)는
지금 자신의 마음 씀과 언행과 행동하는 모습
허와 실을 살피고 보게 하는 거울이다.

자기는 상대를 보므로
상대의 허와 실이 자신에게는 보여도
자신의 허와 실은 스스로 볼 수가 없으니
역지사지(易地思之)로 상대의 입장에서
생각하고 자신을 점검하며 살펴야 한다.

자신의 마음이 누구에 의해
아픔과 상처가 있음은
상대가 역지사지(易地思之)로
상대의 입장을 생각하지 못한 행동 때문이다.

상대를 통해 아픔과 상처를 받으므로
역지사지(易地思之)가 얼마나 중요한가를
깨닫게 된다.

역지사지(易地思之)는
상대를 배려하거나 인식하지 못하는
그 부족함을 일깨워 실수를 범하지 않도록
자신의 부족한 안목을 성숙하게 하는
지혜의 가르침이다.

12. 풍수지탄(風樹之歎)

풍수지탄(風樹之歎)은
효도를 하고자 하여도 부모님이 계시지 않음은
한탄한다. 는 뜻이다.

수욕정이풍부지 자욕양이친부대야
樹欲靜而風不止 子欲養而親不待也

나무는 고요히 있고자 하여도
바람은 그치지를 않듯이
자식이 부모에게 효도하고자 하여도
부모님은 기다려주지를 않는다.

풍수지탄(風樹之歎)은
위의 말에서 유래한 것이라고 전해진다.

나무는 고요히 있고자 하여도
바람은 그치지를 않는다는 뜻은
어떤 뜻을 가져도
여건과 환경이 따라주지 않음을 뜻한다.

그 말은
부모님께 효도하고자 하여도
여건과 환경이 따라주지 않음을 한탄하는
말이다.

부모님의 효도에 대한 생각은
어릴 때는 어려서 효도를 생각지 못하고,

성장하고 장성할 때까지는
부모의 소중함보다
자기 꿈을 위한 삶에 치중하고 노력하다 보니
효도를 생각하지 못하고,

그러다 부모님이 돌아가시고
이 세상엔 부모님이 계시지 않으시며
자기가 늙어 부모님의 나이가 되면
그제야 부모님이 생각나고 그리움에 사무치며
효도를 하고 싶어도 할 수 없음을 한탄하게 된다.

왜냐면,
늙음에 이르기까지 삶을 사는 과정에
여러 상황 속에 다양한 삶의 아픔을 겪으며
부모님도 이러한 삶의 과정을 겪었음을 실감하고
그 속에서도 자식들을 염려하고 걱정하며
부모의 책임과 의무감에 무거운 짐을 지고
세상 삶의 모진 비바람과 아픔이 있어도

묵묵히 말없이 사신 삶의 모습을
자신이 늙음에 이르러 그 삶의 아픔을 경험하고
부모님 삶의 아픔에 대해 피부로 느끼며
가슴 깊이 자각하기 때문이다.

부모님의 나이가 되어서야 비로소 느낌은
부모님이 이 세상에 계시지 않고
자신이 늙음에 이르기까지 삶의 경험이 많아지며
부모님께서도 삶의 그 아픔과 심정이 이러했음을
피부 깊숙이 느끼며 자각하기 때문이다.

나이가 들어 자신이 늙으면
철이 없어 부모님에게
말 한마디 따뜻하게 기쁘게 해드리지 못했고
그 마음 편하게 해드리지 못한 것이 가슴에 남아
못내 아픔이 되어
그리운 마음에 후회스러움만 남는다.

누구나 늙으면
부모님 삶의 그 순수 아픈 마음을 알기에
부모님 나이가 되어 부모님이 계시지 않는 지금
늙어서야 비로소 효도가 그토록 소중함을
가슴 깊이 느끼며 자각을 해도
이 세상에 부모님이 계시지 않으니
부모님을 생각하는 애틋한 그리움의 그 마음이
한탄스러울 뿐이다.

역지사지(易地思之)라 하여도
그 처지가 되어보지 않으면 어떻게 알겠으며
어리고 젊어서는 부모님을 생각한다 해도
자기가 그 부모의 삶을 살지 않았으니
어찌 부모님의 깊은 속마음을 헤아려 알 수가
있겠는가?

역지사지(易地思之)라 해도
입장을 바꾸어 생각하는 것과
자신이 그 길의 장소에 이르러 같은 시련과
아픔을 겪는 동병상련(同病相憐)이 아니면
어찌 똑같은 이심전심(以心傳心)이겠으며
그 깊은 시련의 순수 아픔들을 속속들이 어찌
이해할 수 있으랴!

늙어 삶이 깊어질수록
삶의 순수 그 아픔을 피부로 이해하고
가슴 깊이 자각하기에
이 세상에 계시지 않는 부모님에 대한 생각은
더욱 그립고 애틋해지며
죽음에 이르기까지
가슴에 그 그리움을 안고 살다 죽게 된다.

부모님에 대한 따뜻한 말 한마디 효도를
어릴 때는 철없어 몰랐고
성장하고 장성하며 나 살기 바빠 생각도 못 했고

영원히 계실 것처럼 생각한
부모님은 한순간 홀연 듯 이 세상 계시지 않으며
이제 내가 늙어 부모님의 나이가 되니,
마음이 평안하고 기뻐하실 따뜻한 말 한마디가
삶의 모든 시련과 아픔을 씻어주는 것임을
늙어서야 이제 가슴 깊이 깨달아도
이 세상에 부모님이 계시지 않으시니
내 잘못을 늦게야 자각하고 깨달은 그 아픔이
어찌 탄식하고 가슴을 후비지 않겠는가?!

아무리 효도한 자식이어도
부모의 그 아픔을 속속들이 어찌 다 알겠으며,
효도를 못 한 자식은 부모님이 계시지 않으면
그 아픔이 더하리라.

부모님께서도
그 부모님이 이 세상에 계시지 않으실 때
부모님 나이가 되어 늙어서
이 세상에 계시지 않는 부모님이 그리운 생각에
얼마나 그 마음이 아팠겠으며,

지금 내가
이 세상에 계시지 않은
부모님을 그리워함이 애틋하듯,

아직 철이 없어
부모가 소중함을 생각하지 못하는 자식들도
내가 이 세상에 없고
그들의 나이가 내 나이가 되면
이 세상에 계시지 않는 부모가 그리워
그 애틋함이
가슴 깊이 사무치리라.

13. 과유불급(過猶不及)

과유불급(過猶不及)은
지나친 것은 부족한 것보다 못하다.

이 말은 일상생활에서도
다양하게 응용하며 널리 사용하는 말이다.

과유(過猶)는 정도를 지나친 것이며
불급(不及)은 부족함을 뜻한다.

무엇이든 정도에 알맞게 한다는 것이
상황에 따라 다를 수가 있으니
그 알맞은 정도를 정할 수가 없으나
자기 일이나 남과의 관계에 있어서
정도를 지나쳐 해가 되지 않도록 해야 한다는
뜻이다.

그렇다고 적당히 하라는 뜻은 아니며
적절히 하라는 의미이다.

적당히는 어림짐작으로 대충의 의미가 있으며

적절히는 알맞은 의미가 있다.

무엇이든 정도에 알맞으면 보기도 좋으며
좋은 효과를 얻을 수 있으나
무엇이든 너무 부족하거나 너무 지나치면
좋은 효과를 얻을 수가 없다.

상대와의 관계에 있어서
겸손과 친절도 지나치면 부자연스러워
가식적인 행동으로 보이며
겸손과 친절도 너무 인색하면 인격이 부족하고
거만해 보인다.

베풂도 지나치면 상대가 타성에 젖게 되고
베풂이 인색하면 자신이 마음 씀이 인색하여
남을 배려하는 인품과 덕성을 잃게 된다.

상대가 싫어함을 알아
무엇이든 정도를 지나치지 않아야 하며
상대가 좋아함을 알아도
무엇이든 정도를 지나쳐 해가 되어서는 안 된다.

또한, 나의 일이어도
아무리 좋아하는 것이어도 정도를 지나쳐
해가 되어서는 안 된다.

과유불급(過猶不及)은
지나치므로 부족함보다 못한 결과를
초래함을 일깨움이니
현명하지 못하고 지혜롭지 못한 행동을 일깨우는
말이다.

과유불급(過猶不及)이
최선을 다함을 멀리하며 삼가라는 뜻은 아니다.

과유불급(過猶不及)은
좋지 않은 결과론적인 상황을 경계하는 뜻이므로
최선의 노력, 혼신을 다한 열정으로
좋은 결과를 도출하는 불광불급(不狂不及)과
어긋나는 것 같아도
좋은 결과를 위하고 도출하는 상통의 경계에서는
과유불급(過猶不及)과 불광불급(不狂不及)이
다를 바가 없다.

그 까닭은
과유불급(過猶不及)이든
불광불급(不狂不及)이든
뜻한바 최상의 좋은 결과를 도출하기 위한
목적을 위한 가르침의 뜻을 지녔기 때문이다.

단지, 차별이 있다면
과유불급(過猶不及)은 좋은 결과에 치중한

최선의 조화(調和)를 도모하는 가르침이며,
불광불급(不狂不及)은 좋은 결과를 얻기 위한
최선의 결정적 원인에 치중한 가르침이다.

무엇이 어떤 뜻을 지녔든
자신의 부족함을 일깨우고 이롭게 하기 위함이니
뜻을 취하였으면 말에 치중할 필요가 없으며
또한, 자신의 의지가 그 뜻을 넘어섰다면
뜻, 또한, 의지할 바가 없다.

그러나 스스로 부족함이 있다면
그 뜻을 새기고 의지해
뜻한바 최상의 좋은 결과를 창출해야 한다.

모든 가르침의 뜻은
필요에 따라 의지를 북돋우고
좋은 결과를 얻도록 정신을 새롭게 일깨우며
의지에 도움을 위한 가르침이다.

홀로 우뚝 설 수가 있다면
무엇이 필요할까마는
생각지도 못한 상황에 맞닥뜨리게 되면
우연히 본 글귀가 홀연히 생각나 그 뜻을 새기며
힘을 얻어 넘지 못할 것을 능히 넘게 되니

이 세상 어느 것 중 하나가

필요할 것 같지 않아도
세상의 삶을 살다 보면 다양한 상황에 따라
필요하지 않은 것은 하나도 없다.

봄바람이 꽃을 피어나게 하듯
좋은 뜻을 가진 말이 상황과 인연이 맞닿으면
의식을 일깨워 정신이 새로워지고
신념과 의지의 좋은 계기가 되기도 하며
삶의 좋은 변화의 동기부여가 되기도 한다.

그것은
좋은 뜻을 가진 말에도 원인이 있겠으나
그것보다, 그 뜻을 문득 깨달아 알아차리는
자신 의식이 열리는 기연(機緣)의 상황이
계기가 된 것이다.

봄바람에
꽃잎을 여는 것이 당연하여도
꽃망울이 꽃잎을 열 기운을 품고 있지 않았다면
봄바람이 분들 어찌, 꽃잎을 열 수 있으랴?

한 글귀에
의식이 새롭게 바뀌고 정신이 달라짐은
글귀를 인연한 기연(機緣)으로
의식이 열림이니

꽃망울이
꽃잎을 열 열정의 기운이 충만해 있다면
봄바람이 꽃망울을 스치지 않아도
스스로 열기에 꽃망울을 터뜨려
꽃잎을 활짝 열리라.

14. 불광불급(不狂不及)

불광불급(不狂不及)은
미치지 않으면 이루지 못한다.

불광(不狂)은
혼신의 다한 열정의 노력으로 몰입하지 않으면,
불급(不及)은
뜻한 바를 이루지 못한다.

불광불급(不狂不及)은
혼신을 다한 열정의 노력으로 몰입하지 않으면
뜻을 이루지 못한다.

무엇이든
상황의 뜻한 바를 따라 차별이 있겠으나
자신이 이루려는 것이 무엇이냐에 따라
의지와 노력과 열정의 정도가 차별이 있다.

작은 노력으로도 성취될 것이 있으며
혼신을 다한 열정의 끊임없는 노력으로도
그 결과를 가름할 수 없는 것도 있다.

그러나
혼신을 다한 열정의 노력을 해야 함은
뜻이 그 길에 있고
이룩해야 할 것이 그 열정의 노력을 통해
성취되기 때문이다.

단지, 산다는 것도 중요하겠으나
또는, 무엇에 의미와 뜻을 두고
사느냐가 더욱 중요하다.

애벌레의 삶도 있으나
애벌레가 나비가 되고 매미가 되는 것은
애벌레로 살아가는 것과는 의미가 다르다.

무엇이든 끊임없이 자기 변화를 꾀하며
성장하고 발전하며 상승하는 것은
자기 진화를 위한 삶의 의미에 있다.

그 길에는
누구나 뜻을 가진 일상적인 길도 있으며
누구도 가지 않는 외딴길도 있으며
길 없는 길을 만드는 창조의 길도 있으며
현상세계 유한의 길도 있으며
현상세계를 벗어나는 무한의 길도 있다.

어떤 길이든

자기 노력과 열정의 의지를 다 해야만 하며
노력 없이 성취하는 것은 없다.

어떤 길을 선택하든
뜻을 세우고, 길을 정하며, 의지를 굳히고
그 길을 선택해 가는 중에는
예기치 못한 변수의 상황도 생길 수가 있다.

상황에 따라
자신의 의지를 굳게 다잡는 끈기와 열정의
큰 용기가 없으면 극복하기 어려운 순간도
있을 것이며

자신의 한계점에 다다라 방황과 갈등 속에서
또다시, 어떻게 해야 할 것인가를 생각하고
다시 마음을 다잡고 선택하며 결정해야 하는
어려운 고비도 있게 마련이다.

무엇을 해도 맞닿는 현실에는
자기의 뜻과 같이 상황과 여건이 순조로운
것이 아니다.

왜냐하면
무엇을 하든 필요한 여건을 형성해야 하며
그 여건을 형성해야 하는 것에는
다양한 사항을 충족해야 하는 과정이 있기

때문이다.

그런 과정에서 상황을 따라
뜻하지 않은 변수의 한계에 부딪히기도 하며
자기 의지의 한계를 극복해야 하는 경우도
발생하게 된다.

그러한 여러 상황의 다양한 경험으로
새로운 시각의 안목이 열리며
경험을 통해 의지가 굳어져 자기 발전을 기하므로
당당히 남을 이끌 수 있는 재목의 자질을
갖추게 된다.

사람은 누구에게나
하루에 똑같은 시간이 주어져도
시간의 세월이 거듭할수록
어떤 경험을 하느냐에 따라 사람의 재능과
특성이 차별화된다.

또한,
삶의 다양한 경험 속에
어떤 의지로 자신을 다스리며
어떤 정신으로 그 상황들을 대처하느냐에 따라
그 사람 의식과 정신 상태인 능력의 자질과
마음가짐의 품격이 차별화된다.

사람은 삶을 경험하며 변화하고
상황을 대처하는 자기 다스림의 의식변화에 따라
능력의 역량과 의식의 자질이 달라지며
어떤 정신 의지의 상황에 머무느냐에 따라
자기 가치의 세계가 달라진다.

사람의 특성이 같을 수가 없으니
경험의 차별에 따라, 능력의 차별에 따라,
의식과 정신이 열린 차별의 차원에 따라
무엇을 생각해도 같을 수가 없으니
불광불급(不狂不及)이란 이 말을 수용하고
생각하는 의식의 성향과 정신의 기질이
사람에 따라 다르다.

불광불급(不狂不及)을 수용하는 인식의 깊이가
그 사람 정신의 깊이와 한계점이며
이 깊이는 유한으로부터 무한에 이르기까지
열려있는 말이다.

자신이 뜻한 바를 따라
유한으로 불광불급(不狂不及)을 수용하면
자신 역량의 한계를 따라 노력한 바의 결과를
얻을 것이다.

자신의 뜻한 바를 따라
무한으로 불광불급(不狂不及)을 수용하면

자신 정신 역량의 한계를 따라 노력한 바의
결과를 얻을 것이다.

불광불급(不狂不及)은
무에서 유를 창출할 수도 있고
지극과 궁극과 무한에 이르기까지 열려있어
자신의 역량 한계를 따라 노력한 결과를
얻게 될 것이다.

왜냐면,
불광불급(不狂不及)은 자신의 정신과 역량의
한계를 극복하는 뜻을 담고 있기 때문이다.

혼신을 다한 열정의 노력 몰입은
그렇게 하고 싶다고 인위적으로 되는 것이
아니다.

의지가 굳고, 신념이 명확하며
뜻이 분명하여 자신을 극복하는 열정을 쏟으며
노력하다 보면 어느 순간에 자신도 모르게
몰입하게 된다.

무엇이든 한 물건이라도
바라보는 자의 관념과 경험과 능력에 따라
차별이 있으니
불광불급(不狂不及)의 의미도 중요하겠으나

어떤 마음으로 그 뜻을 수용하고
자신을 이롭게 하느냐가 더욱 중요하다.

무엇이든 똑같은 말이라도
사람에 따라 생각하는 깊이가 다르고
인식하고 수용하는 차원이 차별이 있다.

물을 같아도
개울물과 강물과 바닷물의 차이는
물이 처한 상황이 다르기 때문이다.

무엇이 어떤 뜻을 가졌든
그것이 중요한 것이 아니라
내가 지금 상황에 무엇을 어떻게 해야 하느냐가
중요하다.

누구나 어떤 상황이든
그 하나의 해결점이
불광불급(不狂不及)일 수도 있다.

왜냐면,
불광불급(不狂不及)은
해결할 수 없는 것도 해결하는 의지의 길이며
어떤 장애와 한계도 뚫을 수 있는
유일한 통로이기 때문이다.

15. 임전무퇴(臨戰無退)

임전무퇴(臨戰無退)는
싸움에 임하여 물러섬이 없다.

임전무퇴(臨戰無退)는
신라 화랑(花郎)의 세속오계(世俗五戒) 중
하나이다.

임전무퇴(臨戰無退)는
상대를 대적함에 망설임이나 분별심이 없는
용맹 정신의 기틀이다.

수행에서
물러남이 없는 불퇴전(不退轉)이란 말과
유사점이 있다.

단지, 두 개가 내용상 다른 점이 있다면
전쟁에 임하는 정신인
임전무퇴(臨戰無退)의 상대는 적(敵)이며,
수행에 임하는 정신인
불퇴전(不退轉)의 상대는 여러 시련이다.

그러나, 두 개가 내용상 같은 점은
임전무퇴(臨戰無退)의 대상도 자기이며
불퇴전(不退轉)의 대상도 자기임이 같다.

임전무퇴(臨戰無退)와 불퇴전(不退轉)이
상황의 환경이 다를 뿐
상황에 임하는 정신이 물러남이 없음은
다를 바가 없다.

이것은
선(善)과 악(惡)의 문제가 아니라
자신이 해결해야 할 당면한 상황의 과제이다.

만약,
무엇이든 물러날 곳이 있다면
마지막 나아가야 할 한 걸음 자리에서
더 앞으로 나아가지 못하고 멈추거나
물러서게 된다.

이것은,
결정적인 순간에까지 전진과 후퇴를 선택하는
두 마음이 있기 때문이다.

무엇이든
외부의 적은 내부의 분열을 막으며
내부의 결속으로 외부의 적을 물리칠 수 있어도,

내부의 분열은 내부의 결속을 파괴하며
외부 침략의 빌미를 제공하게 되므로
스스로 자멸하게 된다.

이는
삶이나 수행에서도 마찬가지이다.

삶이나 수행으로 인하여 오는 시련은
어떤 경우이든 불퇴전(不退轉)의 마음가짐으로
극복할 수 있으나,
스스로 나태하고 방일한 마음일 때에는
정신이 쇠퇴하고 자멸하게 된다.

그러므로
무엇이든 양쪽을 선택할 길이 있음은
마음속에 두 마음이 있어 최선이 될 수가 없고
만약, 물러날 곳이 없으면 최선이 아니라
최후의 열정을 다하게 된다.

최선과 최후의 차이는
최선은 있는 바 능력을 다함이며
최후는 혼(魂)과 명(命)을 다함이다.

수용의 경계와 의식의 차원에 따라
한 낱말도 인식의 경계와 차원이 달라진다.

최선을
다 했다고 하면 그것은 최선이 아니다.

진정 최선을 다한 자에게는
항상 그것에 빈틈인 부족함이 있었음을
자각하게 된다.

누구이든
어떤 극한 상태에까지 겪어보지 않았으니
자신의 한계를 알 수가 없다.

어떤 상황이든
중요함을 인식하는 정도의 차별과
감정의 상태와 정신 의지의 변화에 따라
선택과 결정의 한계는 달라진다.

최선이란 말은 있어도
그 한계치는 상황에 따라 달라질 수가 있다.

임전무퇴(臨戰無退)와
또한, 유사한 말이 있다.

필사생즉(必死卽生) 필생즉사(必生卽死)
죽음을 각오하면 곧, 살 것이며
살 것을 각오하면 곧, 죽음뿐이다.

병법에 대한 말이어도
삶을 대하는 자신의 정신이 이와 같다면
능히 이루지 못할 것이 없으리라.

무엇이든 의지가 약하면
이루려는 꿈을 가져도 극복 의지가 약해
지혜와 끈기를 도모하며 최선을 다하지 않고
상황을 탓하는 자기변명에 치우치게 된다.

세상 만물이 다
이 순간에도 길 없는 미래를 열어가고 있으니
더없는 의지와 극복의 용기를 갖지 않으면
아무리 좋은 뜻을 지녔다 하여도
내일의 당당한 그 모습을 장담할 수가 없다.

임전무퇴(臨戰無退)는
불퇴전(不退轉)의 정신이 살아 있음이니
필사생즉(必死卽生)
필생즉사(必生卽死)의 각오이면

그 뜻한바 꿈이 무엇이든
숱한 어려움이 있어도
전쟁터에서 물러남이 없는 장수와 같고
무한 세계를 향해 정신이 열린 수행자와 같아
어떤 상황에도 생명의 혼과 열정을 다하는
최선과 최후의 결단에 선 정신이니

무한 극복을 넘어서
눈얼음 속에도 시들지 않고 피어난
꽃송이 매화처럼
향기로운 꿈 꽃이 피어나리라.

16. 방심금물(放心禁物)

방심금물(放心禁物)은
매사에 소홀히 생각하지 말라.

방심금물(放心禁物)은
다양한 상황을 수용한 뜻을 지니고 있어
일상생활에도 많이 사용하는 말이다.

매사에
조심해야 할 일이거나
경계해야 할 상황이면 더욱 그러하다.

**방심(放心)은 마음이 흐트러짐이며
금물(禁物)은 조심하고 삼가는 것이다.**

방심(放心)은 마음이 해이함이니
예사로이 생각하거나
마음이 침착하지 못하고 산만하거나
마음을 다잡지 않고 절제가 없거나
경계하지 않고 주의하지 않거나
상황을 헤아리지 못하고 자만하거나

어리석음을 자각하지 못하고 교만하거나
함부로 생각해 조심 없는 등의
마음이 경솔하고 안일한 정신상태를 뜻한다.

금물(禁物)은
금(禁)은 조심하고 주의하며 경계함이며
물(物)은 마음과 행의 일체다.

방심금물(放心禁物)은
마음가짐과 언행에 해이함을 금함이다.

이 말의 뜻은
자신의 행위인 마음가짐과 언행의 모두에
빈틈이나 경솔함이나 허물이 없도록 하라는
주의(注意)와 경계(警戒)의 뜻이다.

방심금물(放心禁物)은
일상의 다양한 상황에서도 항상 자신을 점검하고
살피며 되새겨야 할 삶의 교훈이다.

방심금물(放心禁物)은 상황에 따라 수용하여
최선을 다하라는 뜻이며
정신을 흩트리지 말라는 뜻이며
열정을 가지며 몰두하라는 뜻이며
상황을 잘 관찰하고 살피라는 뜻이며
진실을 다하라는 뜻이며

삿된 감정에 현혹되지 말라는 뜻이며
언행에 마음 다잡음을 놓지 말라는 뜻이며
자만하거나 거만하지 말라는 뜻이며
무엇이든 경솔하지 말라는 뜻이며
허물을 보이지 말하는 뜻이며
해이한 마음과 행동을 경계하라는 뜻이며
경솔한 언행을 하지 말라는 뜻이며
후회할 일을 하지 말라는 뜻이며
욕심에 치우쳐 냉철함을 잃지 말라는 뜻이며
감정에 이끌려 중심을 잃지 말라는 뜻이며
경솔하게 함부로 결정하지 말라는 뜻이며
한 번 더 깊이 생각하라는 뜻이며
신뢰와 믿음을 잃지 말라는 뜻이며
항상 언행에 품격을 잃지 말라는 뜻이다.

무엇이든 좋음을 알아도
습관이 되기까지에는 노력이 필요하니
어떤 상황에도 교훈을 잊지 않고 가슴에 새기며
항상 자신을 점검하며 마음을 다잡다 보면
가랑비에 옷이 젖듯 익숙한 습관이 될 것이다.

사람의 가치는
깊이 있는 사유와 절제를 통해
의식의 성숙과 행위의 품격이 성숙함이다.

의식이 성숙하지 않으면 자기 다스림이 부족해

행위의 품격이 성숙하지 못하며
의식이 성숙할수록 밝은 안목이 열려
자기 다스림이 성숙해지며
매사에 언행과 행위의 품격이 허술하지 않고
모든 행위가 돋보인다.

방심금물(放心禁物)도
의식이 열린 성숙의 차원에 따라
그 수용의 깊이와 자각의 경계가 달라진다.

그러므로
의식이 열리고 성숙하면 성숙할수록
방심금물의 수용경계에 따라 더욱 미묘해지며
그 진정한 열린 가치의 세계는
무한 가치의 미묘한 세계에까지 이르게 된다.

방심금물(放心禁物)의 경계와 차원은
수행의 기초로부터 무한 궁극에 이르기까지
범부로부터 성인(聖人)에 이르기까지
자신 다스림으로부터 타인에 이르기까지
하나에서 천만의 매사에 이르기까지
그 가치는 무한 열려있다.

그러므로
방심금물(放心禁物)은 수용하는 경계마다
자기 부족함을 자각하며 일깨우게 되고
모든 행위에 품격을 더하게 되며
매사에 일마다 경솔함이 없어 실수가 적고
안목이 더욱 밝아져 뜻한 바를 빨리 이루게 된다.

방심금물(放心禁物)은
자신의 부족함을 항상 일깨우고 채워주는
금과 같은 교훈이다.

무엇이든 방심(放心)은
곧, 경솔함이니 금물(禁物)이다.

17. 마부위침(磨斧爲針)

마부위침(磨斧爲針)은
도끼를 갈아 바늘을 만든다는 뜻이다.

이에 대한 일화는
옛날 중국 당나라 시인 이태백(李太白)에 대한
이야기가 있다.

이태백의
이름은 이백(李白)이며, 자는 태백(太白)이다.

이태백이 학문을 위해
훌륭한 스승을 찾아 상의산(象宜山)에 들어가
공부를 하고 있을 때였다.

어느 날 공부가 하기 싫어
스승에게 말도 하지 않고 산에서 내려왔다.

산 아래 냇가에 이르니
한 노파가 돌에다 무엇을 열심히 갈고 있었다.

이태백이 살펴보니
노파는 도끼를 열심히 갈고 있었다.

그런데 가만히 살펴보니
그 노파는 도끼의 날을 날카롭게 갈지 않고
도끼의 몸체를 이리저리 열심히 갈고 있었다.

이를 이상하게 생각한 이태백은 노파에게 묻되
도끼의 날은 갈지 않고
왜 도끼의 몸체를 가느냐고 물었다.

노파는 열심히 도끼를 갈며
이태백에게 눈길도 주지 않고 말하기를
이 도끼를 갈아 바늘을 만들려 한다고 말했다.

너무나 황당한 이 노파의 말에
노파의 행동이 너무 무지하고 어리석음에
이태백은 웃음이 나왔고
너무나 황당함에 웃으며 이 노파에게 말하기를
큰 도끼를 그렇게 간다고 바늘이 되겠느냐고
말을 했다.

노파는 이태백을 보지도 않고
그 큰 도끼를 열심히 갈며 말하기를
바늘이 되지, 하고 말했다.

이태백은 하도 어이가 없고 황당해서
다시 노파에게 말하기를
언제 그 큰 도끼를 갈아 바늘이 되겠느냐고 했다.

노파는
이태백에게 눈길도 주지 않고
큰 도끼를 열심히 이리저리 갈며 하는 말이
시간이 얼마나 걸리면 어떠냐?
중간에 포기하지 않으면 도끼도 바늘이 되지,
하고 중얼거리듯 말을 했다.

이태백은
노파의 이 말에 온몸이 얼어붙고
정신이 번쩍 들며
자신이 이 노파에게 얼마나 경솔했는가를
깊이 자각하며

노파에게 공손히 인사를 올리고
다시 산으로 올라가 공부를 열심히 하며
마음이 나태해지면
그 노파의 말을 떠올리며 나태함을 경계하고
열심히 공부하여 중국에서 가장 유명한
시인이 되었다는 일화가 있다.

마부위침(磨斧爲針)
도끼를 갈아 바늘을 만든다.

이태백 삶의
어떤 동기부여가 된 기이한 이 일화는
누구나 삶 속에 자신을 돌아보게 하며
많은 생각을 하게 하는 일이다.

이태백의 심리 변화 속에
그 노파의 기이한 행동이 자각을 촉발하는
깨우침의 계기가 된 것이다.

이태백과
그 노파의 만남은 기연(機緣)이다.

누구나
그 노파를 만난다고 그렇게 되는 것은 아니다.

꽃은
누가 건드리지 않아도 피어나고
밤송이는 누가 건드리지 않아도 벌어지며
의식이 깨어나면 누가 가르쳐주지 않아도
자연히 깨닫게 된다.

그 노파가 아니어도
의식이 깨어나고 안목이 밝아지면
꽃이 피고 열매를 맺으며
무한 열린 하늘과 해와 달과 만물의 모습과
성품과 작용을 두루 보며

자신의 미혹과 부족함을 자연히 깨닫게 된다.

이는
깨달을 것이 있어 깨닫는 것이 아니라
의식이 깨어나면
자연히 보고 듣는 의식의 감각이 새로울 뿐이다.

중요한 것은
그 노파가 바늘을 만들었느냐
못 만들었느냐도 아니며

그렇게 하여
이태백이 훌륭하게 되었느냐도 아니다.

자신에게
그 노파의 비범한 정신의 끈기와
물러남이 없는 대범한 의지력이 있느냐가
중요하며

이태백처럼
신념이 굳건한 자생력을 갖게 하는
정신을 일깨울 주체가 있느냐가 중요하다.

도끼는 갈아 바늘이 되는데
자신은 갈고 닦아 무엇이 될 것인가를
깊이 돌이켜 생각해보아야 한다.

자신의 가치는 자신에게 달렸으며
자신의 의지와 정신은
자신을 일깨우는 끊임없는 자각과 노력에 있다.

무엇이든 정신적 새로운 자극이 없으면
타성에 젖어 벗어나지 못하며
자기 성장을 위해 끊임없이 노력하다 보면
우연히 의식이 변화하고 깨어나며
존재의 무한 가치의 세계에 눈을 뜨게 된다.

마부위침(磨斧爲針)은
어떤 힘든 것이어도 끊임없이 노력하면
마침내 이루어진다는 뜻이다.

누구나 어떤 상황이어도
이 글의 뜻을 깊이 사유하며 가슴에 새기면
그 원하고 뜻한 바가 무엇이든
이루지 못함이 없을 것이다.

모든 시련의 어려움을 극복한
자신을 돌아보면
그것이 곧, 마부위침(磨斧爲針)이다.

18. 사통팔달(四通八達)

사통팔달(四通八達)은
두루 통함을 일컬음이다.

지리나 도로, 또는 교통은
어느 곳으로든 두루 통하는 요지를 일컬으며,
도리(道理)로는
무엇이든 두루 통하며 막힘 없이 밝게 앎이다.

사통(四通)은 사방이 두루 통함이며
팔달(八達)은 사방과 사이 간방을 더한 팔방이
두루 통함을 일컬음이다.

사통팔달(四通八達)은
이리저리 사방팔방이 두루 통하고
막힘이 없음이다.

도리(道理)의 사통팔달(四通八達)은
천지의 도(道)를 깨달아
천지의 섭리와 운행을 밝게 두루 앎이다.

사통팔달(四通八達)의 지혜를 열려면
천지의 섭리를 깨달아야 함이니
이는 지식으로는 한계가 있으므로
지식의 한계를 벗어난 섭리의 깨달음을 통해
지혜의 안목을 열어가야 한다.

천지의 섭리라고 하여
인간의 삶과 무관한 것이 아니다.

인간의 삶도
천지의 섭리를 따라 살고 있으므로
천지의 섭리를 깨달음이
곧, 인간 삶의 섭리를 깨달음이다.

사통팔달(四通八達)의 도리(道理)에는
천지 섭리의 운행과
인간 섭리의 운행이 따로 있지 않음이니
천지 섭리의 도리(道理)에서
인간 삶의 운행과 흥망성쇠의 도(道)를 깨닫는다.

인간 삶의 운행과 흥망성쇠도
원리나 섭리 없이 아무렇게나 무질서하게
이루어짐이 아니다.

모든 존재의 변화는
천지 운행의 흐름인 춘하추동의 변화처럼

존재의 섭리와 원리를 따라 변화하게 된다.

천지 운행의 섭리는
만물 생멸 변화의 조화와 운행의 섭리이니
인간이라 하여 그 섭리 밖을 벗어나
인간의 힘과 욕심을 따라 바뀌는 것이 아니다.

사람 개개인이 만물 존재의 특성과 같이
개별 존재 특성의 성품 성질인 개별성이 있다.

존재 섭리의 운용에는 두 가지가 있으니
자전(自轉)과 공전(共轉)이 있다.

자전(自轉)은
자신을 운용하는 섭리이니
자신의 마음 씀과 행위 모두이며
이는 자신을 변화시키며 운용하는 섭리이다.

공전(共轉)은
자신 삶의 생태 사회환경 속에 서로 교류하며
자신의 삶을 변화시키며 운용하는 섭리이다.

자전(自轉)은
개인의 자질과 성품 섭리의 특성을 형성하며
개인 존재의 성품 변화 운용의 섭리이다.

공전(共轉)은
사회적 교류 속에 자신의 삶을 경영하는
사회적 삶이다.

자전(自轉)과 공전(共轉)은
개인의 특성과 개인의 삶을 운용하는
존재 운행의 섭리이며
자전(自轉)과 공전(共轉)의 운용 특성에 따라
모든 사람의 개인적 특성과 삶이 달라진다.

모든 만물의 존재적 삶도 다를 바가 없으니
내재적 성질 자전(自轉) 운용의 특성과
그 존재 생태환경 공전(共轉)의 상호작용 속에
존재의 삶이 변화하며 운행을 하게 된다.

무엇이든 변화에는
얼마나 더 좋은 상태로 변화하느냐가 관건이니
점차 좋은 상태로 변화할수록 성장하고 발전하며
나쁜 상태로 변화할수록 쇠퇴하게 된다.

자전(自轉)에서는
얼마나 양질(良質)의 성품을 운용하느냐에 따라
개체 성품의 가치가 달라지며,
공전(共轉)에서는
얼마나 상생융화의 성품을 운용하느냐에 따라
개체가 전체에 미치는 역할과 영향의 가치가

달라진다.

천지 만물 모두가 그 특성을 따라
자기 성품을 운용하는 자전(自轉)과
생태환경 속에 공전(共轉)의 역할에 따라
그 존재의 가치가 달라진다.

그 개체가
하늘, 땅, 태양, 달, 물, 나무, 공기 등
만물 일체이다.

존재 역할의 세계에는
사통팔달(四通八達) 무엇에도 걸림 없이
두루 미치는 상생융화 작용의 역할에 따라
그 존재의 소중함과 위대함의 가치가 다르다.

사람 스스로 만물의 영장이라고 자부하고
그렇게 생각하는 것이 중요한 것이 아니라
자연과 인간사회에 상생융화로 두루 미치는
존재의 소중한 역할 그 가치가 중요하다.

사통팔달(四通八達)은
어떤 조건과 까닭 없이 서로 막힘 없는
상생융화의 세계이다.

어떤 이유와 조건은
상대를 수용하지 못하는 자기의 벽이니
자기 벽을 허물면 사통팔달(四通八達) 걸림 없는
삶의 상생 관계와 삶의 융화세계가 펼쳐진다.

그것이, 진정
최고 지성이 열린 가치의 세계이며
최고 이성이 열린 밝음의 세계이며
무한 사랑이 열린 충만의 세계이며
의식이 무한 열린 사통팔달(四通八達)의
궁극 무한 정신이 열린 세계이다.

7장

마음의 향기

1. 나

나는,
나다.

나는, 나일 뿐
그 이상도, 그 이하도 아니다.

나의
부족한 모습, 그것도 나이며
나의 돋보이는 일면, 그것도 나이다.

나의
부족한 모습, 그것이 나이기에
나는 끊임없이
나 자신의 부족함을 제거하고자 노력하며,
나 자신의 원만함을 위해
나의 부족함을 일깨우는 행을 쉴 수가 없다.

그러나,
여기에는 한계점이 있다.

왜냐면,
나의 시각으로 나의 부족함을 자각하기에는
한계가 있기 때문이다.

그러므로, 나는
나의 끝없는 성장과 승화를 위해 노력하며
항상, 나의 부족함을 뛰어넘고자 한다.

나의 부족함이란
남과 견주는 시선의 것도 아니며
세상과 비교하는 것도 아니며
나 스스로 나의 부족함을 볼뿐
누구와 비교할 상대적 의식을 지니고 있지 않다.

물의 성품을 보면 나의 부족함을 느끼고
허공의 성품을 보며 나의 부족함을 느끼며
흔적 없는 바람을 보며 나의 부족함을 인식하고
나뭇가지에서 돋아난 꽃을 보며
세상에 드러낼 것 없는 나 자신을 돌아보게 된다.

어떤 일면에서는
나도 남보다 돋보이는 점이 있을 수도 있다.

그러나, 그것은 나의 돋보임이 아니라
내가 조금 더 노력한 것뿐이다.

그것에
교만함이 일어날 수가 없음은
교만은 곧, 어리석음이며
교만이 일어나면, 성장하는 의식의 시선이
자기의식 수준의 한계를 넘지 못해
그것으로 멈추어버리기 때문이다.

자기 성장과 발전의 한계는
의식이 향하는 이상(理想)의 지향성과
정신이 향하는 열린 차원의 의지에 달렸으니
의식과 정신이 머무르거나 멈춘 곳이
자기 성장 범위의 한계가 된다.

교만은 곧, 자기 성장 시선의 한계점이니
교만은 성장을 향한 의식이 한계점에 멈춤이므로
자기 성장과 발전에 독(毒)이다.

상승을 향한 자에게 교만은 어리석음이며
그것은 이상(理想)도
궁극의 가치도 아니기 때문이다.

피어나는 꽃은
스스로 부족함만 느낄 뿐, 교만함이 없다.

다 피어,
아름다운 농후한 모습이 드러날 때는

성품이 깊이 성숙하게 익어
드러낼 교만함도 초월한 성숙한 열정에
그 모습에는 미숙함이 사라져 없다.

그러므로,
꽃 모습과 향기가 풋내 없어 어설프지 않고
자신의 극치를 이룬 아름다움이 돋보이며
누가 사랑해 주기를 원하는 것이 아니라
완연함에 부족함이 있을지라도 그 모습 그대로
자신 존재를 당당히 드러낸다.

어떤 부족함이 없는 완연함이든
완벽함과 완전함은
자신이 평가하는 것이 아니라
자신을 바라보는 상대가 느끼는 평가와
가치의 세계일 뿐이다.

본래,
무엇이든 노력한 최선의 것일 뿐
완벽함과 완전함은 없다.

최선을 다하는 열린 의식에는
항상 자신의 부족함을 일깨울 뿐
완벽함이나 완전함이란 생각도 없으며
완벽함이나 완전함의 의미에도 관심이 없다.

단지, 오직
자신의 부족함을 일깨우는 것에
열정을 다할 뿐이다.

만약, 상대가 완벽하고
완전하다고 느껴지는 그 상대에게 물어보면
항상 스스로 부족함을 알고 자각하기에
그 부족함을 일깨우고자 최선에 노력을
다할 뿐이라고 할 것이다.

의식과 정신이 무한을 향하는
자기 발전을 위하는 자의 의식과 정신에는
무한 열린 끝없는 무궁의 세계를 향할 뿐
자기만족이나 완벽함과 완전함을 추구하는
그런 것은 본래 없다.

왜냐면
완벽함과 완전함을 위해 노력하는 것이 아니기
때문이다.

완벽함과 완전함이란
한계를 가진 차별세계의 생각과 관념이며
완벽함과 완전함이라 하여도 그것은
의식이 차별상에 얽매이고 묶인
차별세계 관념의 한계이며
시각일 뿐이다.

완벽함은 완벽함을 초월해 벗어나야
부족함이 없는 완벽함이며
완전함은 완전함을 초월해 벗어나야
부족함이 없는 완전함이 된다.

자신이 완벽하다고 생각하거나
완전하다고 생각하는 것은 곧, 어리석음이며
교만이다.

그것은
자신이 더 성장할 수 없는 의식의 한계점
그 정신의 한계를 드러낼 뿐이다.

허공이 텅 비움을 완전하게 하였어도
완전하게 비웠다는 생각이 없다.

왜냐면,
완전하게 비웠다는 그 생각이 아직 남아있다면
아직 완전한 비움이 아니기 때문이다.

허공이
완전하게 비운 그 생각까지도 비워버렸기에
허공이 완전하게 빈 것이다.

최선과 최상을 향한다 하여도
상대와 비교함이 있으면

진정한 완벽함과 완전함은 있을 수가 없다.

왜냐면,
최선과 최상을 향한 시선의 기준이
자신의 부족함을 일깨운 성숙함이 아니라
자신을 넘어선 경쟁의 상대인
남에게 있기 때문이다.

자기 열정을 다한 최선의 모습
꽃과 향기를 드러내는 수많은 꽃은
남을 경쟁의 대상으로 하여
아름다움이나 자신의 향기를 만든 것이 아니다.

꽃들은
자신의 미숙함과 부족함을 뛰어넘는
끊임없는 열정과 노력의 결과로
스스로 모습이 돋보이게 되고
아름다운 자기의 향기를 창출하게 된다.

세상에 성인(聖人)이 된 사람들은
자신을 남과 비교하고, 경쟁의식을 느끼며
남을 능가해야겠다는 욕심이 남보다 앞서
성인(聖人)이 된 것이 아니다.

항상,
스스로 부족함을 돌아보기에

자신의 부족함을 일깨우는 노력이 특별하여
사람들이 넘볼 수 없는 경지에 다다른 것이다.

그러므로,
어느 성인인들, 스스로 완벽하거나
완전하다는 생각을 하지 않는다.

마음 씀과 지혜가 뛰어나도
세상에 부족함이 많은 사람이
성인(聖人) 자신이라고 생각하며,
어떤 일면이든, 그 부족함이 없도록 하고자
누구보다 열심히 끊임없이 노력하는 사람이
성인(聖人) 자신이다.

성인(聖人)은
자신을 남과 비교하지 않으므로
항상 자신의 부족함을 자각하며 일깨울 뿐이니
세상에서 제일 부족함이 많은 사람이
자신이라고 생각한다.

성인(聖人)의 부족함은
세상이나 세상 사람과 비교하고
견주는 것에 있지 않고
항상 자신이 부족한 부분을 자각하는 그것에
정신이 깨어있기 때문이다.

무엇이든 구하거나 추구하는 바가 없으면
스스로 부족함을 느끼지 못하며
무엇을 구하거나 추구함이 있으면
그때 스스로 부족함을 자각하게 된다.

앎이 지혜가 아니라
자신의 부족함을 끝없이 살피고 자각하는 그것이,
진정한 지혜이다.

성인(聖人)은
그렇지 않을 것으로 생각하는 것도
성인(聖人)이 아닌 사람이
성인(聖人)을 바라보는 자기의 입장일 뿐
성인(聖人)의 마음은 성인(聖人)만 알 뿐이다.

허공이 비어 우주 만물을 수용해도
허공도 스스로 부족함을 느끼고 자각하며,
대지가 만물을 육성하고 길러도
대지도 스스로 부족함을 느끼고 자각하며,
하늘이 만물을 운행하고 정성을 다해도
하늘도 스스로 부족함을 느끼고 자각함을 앎은
허공과 대지와 하늘의 작용과 운행에
인간처럼 스스로 오만함이 있거나
자만함이 있거나, 교만함이 없음을 보며
스스로 부족함이 있음을 자각하는
그 진실한 참모습을 느낄 수 있기 때문이다.

만약, 어느 인간이
허공과 또는, 대지와 또는, 하늘과 같은
그런 행을 한다면
그 사람이 평범을 초월한 사람이 아니면
허공의 행을 하였어도 오만하였을 것이며
교만하였을 것이며, 자만함이 있었으리라.

또한, 대지의 행을 하였어도
오만하였을 것이며, 교만하였을 것이며
자만함이 있었으리라.

또한, 하늘의 행을 하였어도
오만하였을 것이며, 교만하였을 것이며
자만함이 있었으리라.

만약, 허공과 또는, 대지와 또는, 하늘과 같은
행을 하여도 오만함이 없고, 교만함이 없으며
자만함이 없다면
그 사람은 범부의 의식세계와 정신과 마음을
초월한 사람이다.

범부의 앎과 지혜는
자기의 삶이 이루어지는 현실의 삶과 세상에
그 뿌리를 두고 있다.

그러나

성인(聖人)의 앎과 지혜는
자기 존재의 근원과
만물이 흐르는 섭리에 두루 밝은 지혜와
우주와 만물 만 생명을 두루 평안하게 하는 것에
지혜의 뿌리를 두게 된다.

허공이 텅 비어 우주 무한 끝없이 넓게 있어도
스스로 충만하다고 생각해본 적이 없으며,
또한, 허공이라 그 실체가 없어
비운 것보다 더 비워, 작은 것보다 더 작으니
스스로 무한하여도 교만함이 없다.

그 까닭을 알 수 있음은
자기의 관념을 지니고 있으면
상대의 수용에 취사심(取捨心)을 버릴 수 없으니
만물을 수용하고 포용하여도 취사심이 없음은
일체 분별을 벗어났기 때문이다.

대상의 인식에는 취사심을 벗어나지 못하며
대상을 인식하지 않는 자신의 성장과 승화는
분별과 취사심이 끊어진 경지에 이르므로
무한 초월 수용의 허공 성품에 도달하니
무한 수용 허공심(虛空心)인 성인(聖人)이 되고,
꽃 중에 아름다운 심천화(心天華)도 되며
향기 중에 뛰어난 심천향(心天香)도 된다.

상대를 의식한 비교의 분별은
대기(大機)가 아닌
상대심을 가진 보통의 범부이며,
남을 의식하고 비교하지 않음은
자신의 부족함을 냉철히 살피는 지혜의 안목을
잃지 않기 때문이다.

스스로 부끄러움은
자신의 어리석음을 보는 자각의 눈이다.

그 자각의 눈은
자신을 어리석음에 가만히 내버려 두지 않으니
그 정신이 자신의 어리석음을 뚫어
성장 승화의 밝음을 향해 치솟는 원동력이다.

그곳에는
남이 넘볼 수 없는 대범한 기개와
자신을 승화하게 하는
살아있는 투철한 무한 정신의 눈빛이 있다.

세상의 삶은
세상과의 투쟁이며, 경쟁인 것 같아도
그 생각으로 결국 자신이 승리하여도 남는 것은
모두를 담을 수 없는 작은 그릇의 교만함이며
그 마음으로는 자신의 부족한 의식을
뛰어넘지 못한다.

더 생각이 깊어지면
세상사 모두가
자신을 극복하는 그 한 길임을 깨닫게 된다.

나의
부족함을 끝없이 일깨우는 정신이
곧, 나를 끝없이 상승하게 하고 승화하게 하는
무한을 향한 끝없는 정신이다.

자신의 부족함을 느끼지 못할 때
누구이든 더 성장 없이 그 자리에 멈추게 되니
그 머묾의 자리가, 그 사람 의식이 열린 가치의
전부이다.

나, 그것은
끊임없이 성장하고 상승하며 승화하는 정신이며
자기의 부족함을 자각하는 정신이 살아있는 한
나는 멈춤이 없고 머묾 없는 무한을 향한
승화의 숨결 그 자체이다.

2. 체질(體質)

체질(體質)은
존재 개체의 성질이며, 특성이다.

산속 계곡에 가면
그 맑은 물에도 사는 작은 물고기들이 있다.

계곡의 물고기들은
그 계곡을 벗어나지 않고 주위를 맴돌며
삶을 살아가고 있다.

계곡물이 흘러 강에 다다르면
강에도, 강물에만 사는 물고기들이 있다.

강의 물고기들은
그 강물을 벗어나지 않고 강을 맴돌며
삶을 살아가고 있다.

강물이 흘러 바다에 이르면
넓은 바다에는 더 많은 종류의 물고기들이 있다.

계곡보다는 강이 넓고 크기 때문에
계곡의 물고기보다
강의 물고기가 더 큰 삶의 영역의 자유와
삶의 체험을 할 것이다.

또한,
강의 물고기보다는
바다의 물고기들이 더 큰 삶의 환경의 자유와
더 많은 삶의 체험을 할 것이다.

삶의 영역에 따라
그 삶의 환경에 따른 사고의 삶을 하게 된다.

무엇이든,
삶의 각종 상황에 대해
생각하고, 판단하며, 결정하는 것에는
자기 삶의 촉각이 미치는 영역의 환경과
상황 변화에 의지하게 된다.

보는 시야가
넓으면 넓을수록 사고는 확장되며
사고의 확장은 자신 삶을 생각하는 차원과
삶의 관점과 행동의 방향성이 달라진다.

사고가 미치는 그 의식의 영역이
자기 삶의 영역이며,

자기 삶을 생각하고 관리하며 판단하고 결정하는
자기 삶의 세계이다.

삶은,
무엇이든 어떻게 생각하며
어떻게 판단하고, 어떻게 결정하며
그에 따라 어떻게 행동하느냐가 삶의 관건이다.

무엇이든
그것을 보는 관점과 생각하는 특성이
그 사람이 가진 사고의 특성과 영역의 세계이니,
자기 삶을 이끄는 관점의식이다.

무엇이든
보는 관점에 따라 달라지며
그 관점의 자기 성향에 따라 상황을 평가하고,
판단하며, 결정하고, 행위 하는 연속성이
삶의 진행이다.

사고의 영역은
배워 터득한 만큼, 보는 시각이 열리며
촉각하고 느끼는 삶의 환경에 따라 변화하고,
의식이 열린 정도와 차원에 따라
사고의 세계가 확장된다.

자기가

지금, 생각한 것
바로, 그 바라보는 관점과 판단과 시야의 영역이
산속 계곡의 물고기와 닮았을 수도 있고
강의 물고기와 닮았을 수도 있고
바다의 물고기와 닮았을 수도 있다.

왜냐면,
자기 시야의 시선이기 때문이다.

계곡의 물고기가
계곡물에 만족하며 계곡을 벗어나지 않는 것은
자기 성품의 체질이며

강의 물고기가
강물에 만족하며 강을 벗어나지 않는 것도
자기 성품의 체질이며

바다의 물고기가
바닷물에 만족하며 바다를 벗어나지 않은 삶도
자기 성품의 체질이다.

무엇을 보며
어떤 생각을 하고 어떻게 판단하든
그것은, 자기 성품의 체질이다.

그것이

자기 성품의 체질임은
모두가 자기의 생각과 같지 않다는 것이다.

무엇이든
그것은 이렇게 해야 하며
그렇게 하지 않으면 안 된다는
자기 주관의 그 생각을 내려놓았을 때
모두의 생각을 폭넓게 수용하는
자신을 내려놓은 무한 열린 시각이 열린다.

체질은 쉽게 바꿀 수가 없으나
의식이 열린 만큼
상대를 차별 없이 수용할 수 있다.

모든 체질의 특성과 차별을 초월한
무한 승화의 정신을 여는 오로지 유일한 길은
바로, 사랑이다.

사랑은
나를 내려놓으므로 모든 벽을 허물어
어떤 경계와 차별도 초월하여 융화하는
특성이 있으며
서로의 이질적 벽을 허물은 화합과 융화,
평화와 행복의 무한 상생 수용의 성품이
곧, 사랑이기 때문이다.

3. 얼굴

얼굴은
자신의 모습이다.

얼굴에는
그 사람의 삶을 산 모습이 담겨 있다.

그러므로
얼굴은 참으로 중요하다.

얼굴의 모습이
어느 날 갑자기 만들어진 것이 아니라
시간과 세월의 삶을 통해
조금씩 변화하며 형성된 모습이다.

그 이유는
사람 마음 씀의 의식의 상태와
여러 감정의 변화가 고스란히 담겨 드러남이
얼굴이기 때문이다.

마음 씀과

감정 변화의 그 모습들이 얼굴에 나타나고
그 변화의 시간과 세월이 쌓여
자기 마음 씀의 의식 상태 모습이 굳어져
얼굴에 마음의 자화상이 새겨지기 때문이다.

말 없는 얼굴에는
그 사람에 대한 삶의 모습과
마음 쓰는 성품의 정보를 다 담고 있으니
자신을 감추거나 숨길 수가 없다.

사람을 대하는 얼굴에는
그 사람의 진실과 거짓, 가식과 솔직함이
사람을 대하는 그 순간에도 얼굴에 나타나니
마음 씀은 보이지 않으나
그 보이지 않는 복잡 다양한 마음의 흐름을
얼굴에서 엿볼 수가 있다.

그러므로,
얼굴은 항상 상대를 대함에
진솔한 따뜻함이 있도록 노력해야 하며
항상, 밝음을 읽지 않도록 노력해야 한다.

상대를 위한 웃음에도
얼굴의 미세한 표정에는 거짓과 가식도 드러나고
진솔한 웃음에는 긍정적 마음에 얼굴이 편안하며
얼굴의 미세한 근육들이 굳음이 없다.

몸 중에
마음의 상태와 변화의 흐름에 따라
민감하게 반응하며 섬세하게 변화하는 곳이
얼굴이다.

마음은 보이지 않아
속마음을 감추거나 숨길 수 있어도
얼굴은 마음 씀의 작용이 보이는 마음이므로
얼굴에 드러나는 마음을 감추거나
숨길 수가 없다.

그러므로
좋은 얼굴을 원하면 좋은 마음을 써야 하며
좋은 마음은 곧, 평안하고 좋은 얼굴의 모습으로
드러난다.

마음 씀을 잘 가꾸면
얼굴이 마음의 모습이니 얼굴이 평안하고 고우며,
마음 씀을 잘못하면
얼굴이 마음의 모습이니 얼굴이 평안하지 못하고
미운 얼굴이 된다.

얼굴에서
중요한 것은 눈이다.

눈은

마음의 상태와 감정의 변화를 그대로 보여주기
때문이다.

그러므로, 항상
눈에는 선함이 흐르도록 노력해야 하며
다양한 의식변화의 요동이 심한 눈빛의 흐름보다
항상 평온하고 차분한 눈빛을 간직하도록
노력해야 한다.

대개 사람들이 사람의 얼굴을 보고
그 사람에 대한 여러 선입견을 가지듯
얼굴이 그만큼 중요하기에
마음 다스림을 통해 좋은 얼굴이 되도록
노력해야 한다.

선한 눈빛에 선한 얼굴이면
누구나 그 사람을 신뢰하고 좋아하며
거기에 지적인 의식의 상태까지 갖추었다면
그 사람을 존중하게 된다.

얼굴은 자기 마음의 상태이니
얼굴은 마음 모습이 드러난 현상이므로
마음은 잘 가꾸려 하지 않고
얼굴만 잘나게 하려 하면 가식적 얼굴이 된다.

가식도 얼굴에 드러나니

가식의 얼굴은
얼굴의 기운이 진기(眞氣)가 부족해
가벼워 들떠 보이고 차분히 안정되지를 못해
사람의 얼굴이 깊이가 없어 보이므로
남들이 그 사람을 가볍게 대할 수도 있다.

자기 마음 다스림이 진지하여
마음의 요동이 심하지 않아 차분하면
얼굴에는 깊은 의식의 진기(眞氣)가 발현하여
눈빛도 차분하며 깊이 있는 얼굴이 된다.

거기에다
남을 위하는 진솔한 마음마저 더하면
얼굴에 복의 기운이 감돌아 사람들이 좋아하고
호감을 느끼며 따르는 좋은 얼굴이 된다.

얼굴은
그 사람 마음 씀의 선한 기운이 흘러야 하며,
눈으로 세상을 보니 눈빛이 긍정적이어야
긍정적인 삶의 세상을 보게 된다.

긍정적 눈빛이 아니면
아름다운 세상을 보아도
부정적 눈빛에 투영된 세상의 모습이므로
세상이 맑게 보이지를 않는다.

긍정의식은
긍정적 눈빛이 되게 하므로
긍정적 의식을 통해 세상을 바라보게 되니
긍정적 얼굴빛을 띠게 되며
긍정적 인간관계 속에 긍정적 삶을 살게 된다.

부정의식은
부정적 눈빛이 되게 하고
부정적 의식을 통해 세상을 바라보게 되므로
부정적 얼굴빛을 띠게 되며
부정적 인간관계 속에 부정적 삶을 살게 된다.

긍정의식이든 부정의식이든
그것은 자기의식이므로
그 의식을 따라 얼굴과 눈빛이 변화하고
시간이 흐르고, 세월이 흐를수록
삶도 그 의식을 따라 그렇게 변화해 흐르며
얼굴 또한 자기의식 변화를 따라 굳어져
살아온 삶의 모습이 그대로 담겨
성품의 모습을 따라 귀천의 모습으로
어느덧 변해있을 것이다.

4. 아픔

삶의 아픔은
마음에 상처를 받으며
고뇌와 시련의 시간이 된다.

삶에
어떤 연유이든
자의든, 타의에 의한 것이든
운명적인 것이든 아픔 없는 삶은 없다.

아픔은
삶 속에 겪게 되는 사소한 것으로부터
큰일에 이르기까지, 긍정적이든 부정적이든
어떤 의미이든 아픔이 깃들어 있다.

어떤 경우의 아픔이든
아픔은 크고 작은 마음의 상처가 되며
그 상처는 시간과 세월 속에 아물고 잊으며
새로운 삶의 순간을 맞으며 살아가고 있다.

때에 따라서는

독(毒)이
약(藥)이 되는 경우가 아픔이다.

아픔을 겪지 않으면 몰랐을 것이어도
아픔을 겪음으로
삶의 또 한 부분을 피부로 느끼며 자각하게 되고
삶에 대해 또 다른 시각을 갖게 되며
아픔을 스스로 치유하면서
삶의 다양한 경험 속에 성장하게 된다.

아픔을 겪으며
아픔 없는 삶을 살고자
행복을 끊임없이 추구하며 노력하는 것이
삶의 과정일 수도 있다.

아픔은
삶에 대해 새로운 눈을 뜨게 하고
아픔 없는 삶인 행복 의지를 갖게 하며
삶의 상승 의지를 북돋우어
아픔을 극복하는 용기를 갖게 되므로
새로운 의지의 삶을 살게 하는 계기가 된다.

그러나,
누구나 다, 아픔이 없는 삶이어야 한다.

그러나,

삶의 상황과 현실은 그렇지가 않다.

어떤 이해의 관계에서
또는, 예기치 못한 상황에서
아픔은 항상 삶의 일상사에 깃들어 있다.

그 아픔을 어떻게 수용하고
어떻게 감내하며, 자신을 추스르느냐에 따라
아픔의 깊이가 다르고
아픔의 상처가 다를 수가 있다.

마음은 예민하고 섬세하므로
조그만 것에도 상처받고, 아파하며 고뇌한다.

그러므로
항상, 자기 마음을 다스리는 이끎이 필요하다.

아픔을 벗어나는 회복력이 빠르면 빠를수록
건강한 마음을 되찾기 때문이다.

마음이 건강해야
부정적인 의식에 휩쓸리지 않으며
삶을 긍정적으로 수용하여
밝은 내일 자신의 삶을 생각하게 된다.

마음은

끊임없는 안정과 행복을 추구하므로
항상 마음을 안정되게 하고
행복할 수 있는 마음이 되도록 이끎이 중요하다.

삶은
끊임없는 변화의 물결이 멈춤이 없으니
마음의 안정과 행복은
가만히 있다고 찾아오는 것이 아니다.

어떤 상황에도
마음을 안정되게 하는 습관이 필요하며,
습관이 익숙할수록 마음이 안정되어
마음의 평정을 잃지 않게 된다.

마음은
조그만 것에도 아파하고 상처를 받을 수 있으니
항상, 마음 다스림이 익숙해야 하며
또한, 아픔의 원인을 스스로 만들지 않는 것도
중요하다.

또한, 아픔을
아픔으로만 수용할 것이 아니라
자기 승화의 계기가 되도록 이끎도 중요하다.

아픔을 경험으로
아픔 없는 삶이 되도록 노력하여

자기 삶의 승화를 위해 지혜를 도모하고
더없는 가치의 삶을 위해 노력해야 한다

이 세상에 큰 이름을 남긴 사람 중에
설사, 성인(聖人)이라 하여도
아픔이 없지 않았으며
그 아픔이 누구보다 깊었기에 자신을 승화시키어
성인(聖人)의 경지에까지 이른 것이다.

누구나
삶 속에 크고 작은 아픔은 있으니
그 아픔을 어떻게 승화시키느냐는 것은
각자의 몫이다.

마음 다스림이 지극하면
크게는 성인(聖人)의 경지가 될 것이며,
성인(聖人)의 경지에 이르지 못했어도
마음 다스림으로 항상 평안에 머물면
아픔에 물들지 않는 지혜의 생명력으로
마음 평화의 향기를 가진
지혜의 꽃이 항상 피어있을 것이다.

5. 념념(念念)

삶은,
념념(念念)이다.

삶은
한 생각, 한 생각의 이음이 삶이다.

삶은
한 생각, 한 생각이 이은 시간이 흐르는 모습이
삶이다.

삶의 어떤 모습과 결과이든
그것은 한 생각 념념(念念)이 쌓고 쌓아 이룩한
결과물이다.

한 생각을 따라 그 길을 향하고
념념(念念)이 그 한 생각을 잊지 않고
이어지는 념념(念念)의 노력이 시간이 흐르고
세월이 쌓여, 한 생각 일으킨 결과물을
이룩하는 것이다.

삶의 다양한 모습들이
그 근원과 원인은 한 생각이며
사람 사람이 일으킨 한 생각이 다르니
세상사 다양한 삶의 모습으로 드러나는 것이다.

한 생각,
그것이 삶을 결정하고 변화시키므로
우연히 일으킨 한 생각의 방향과 성질이
자기 삶의 모습이 된다.

삶의
다양한 가치는 한 생각 특성의 가치이며
한 생각의 특별한 가치성에 따라
자기 삶의 다양한 가치의 세계가 달라진다.

한 생각이
변함없으면 그것이 초심(初心)을 잃지 않음이며
한 생각 물러남이 없으면 그것이 끈기이며
한 생각 깨끗하면 그것이 티 없는 마음이며
한 생각 따뜻한 마음 그것이 사랑이며
한 생각 좋은 마음 그것이 선(善)이며
한 생각 거짓 없으면 그것이 진실이다.

그러므로
한 생각에 따라 삶이 좌우되며
한 생각 길을 달리하면 의지가 바뀜이며

한 생각 요동이 없으면 그것이 절개이다.

한 생각
념념(念念)이 힘을 축적하여
큰 일념(一念)을 이루어 기백이 되면
자신이 넘지 못할 장애를 넘는 큰 용기이다.

한 생각이
능히 이루지 못할 것이 없다.

그러나
한 생각을 예사로이 생각하고
부질없고 쓸데없는 불필요한 한 생각이면
자신의 가치와 품격을 상실하는 한 생각이니
그 한 생각은 자신의 정신과 마음을 더럽히고
오염시키는 잡된 망상일 뿐이다.

한 생각의 가치를 깨달으면
한 생각이 일어나는 그 성향과 특성을 깨달아
자신의 정신과 삶에 이롭지 않은 것이면
마음을 청정히 하여 그 더러움을 씻어버리고
이롭지 않은 것에 물들지 않도록 해야 한다.

작은 불씨가 큰 산을 태우듯
한 생각이 자신의 온 마음을 더럽히고
삶 전체가 더러움으로 물들 수도 있다.

그러므로
예사로이 생각하는 한 생각에도
물이 들 수가 있으니
부질없이 일어난 한 생각이라 하여
예사로 생각할 것이 아니다.

한 생각이 뿌리가 되어 가지를 벌리고
한 생각의 나무가 무성하면
그 한 생각 씨앗이 좋은 것이면 삶이 축복이며,
또한, 그 한 생각 씨앗이 좋지 않은 것이면
삶의 고통과 재앙의 불씨가 된다.

좋은 생각은
념념(念念)이 이어져 큰 나무가 되게 해야 하며
나쁜 생각은 일어나도 끊어버려야 한다.

어떤 생각이 일어나든
한 생각의 선택은 자신의 삶에 영향을 미치며
념념(念念)이 이어지는 그 생각들은
자신의 삶을 좌우하게 된다.

자기 다스림이란
한 생각 다스림이니
한 생각을 잘 다스려 옳고 그름을 분명히 하면
한 생각이 곧, 자기 발전을 도모하고 이끎이니
한 생각을 잘 다스린 노력의 결과물이

삶의 성장이며, 자기의 품격과 가치이다.

우연히
일어난 한 생각을 따라 념념이 이어온 것이
지금 그 모습이다.

아직,
일어나지 않은 한 생각을 따라 살 그 길이
미래 자신의 모습이 되리니

지금,
일어나는 한 생각의 성향에 따라
미래 자기의 모습이 결정된다.

과거 현재 미래는
한 생각이 흐르는 끊임없는 시간이다.

지금 일어난 한 생각이
곧, 자신의 미래를 창조하는
불씨이다.

6. 천만억(千萬億)

천만억(千萬億)은 수량(數量)이니
이는, 천(千) 개가 모인 것이
만(萬) 개가 있으며,
천(千)의 만(萬) 개가 되는 것이
억(億) 개가 있음이 천만억(千萬億)이다.

경(經)에는
무량 천만억이란 구절이 있다.

천이 만이며, 만이 억인
이 또한, 무량수인 이 수량은
인간의 사유로써는 알 수 없는 세계이다.

그러나
천만억이란 숫자를 생각하며
무엇이든 꼭 이루고자 하는 것이 있으면
그것이 무엇이든, 천만억 번 생각하며
천만억 번 노력해야 겨우 되지 않을까 생각한다.

만약, 천만억 번 생각할 필요가 없고

또한, 천만억 번 노력할 필요를 못 느낀다면
그것은 꼭 성취해야 할 간절한 것이 아니다.

천만억 번 생각할 열정이 없거나
천만억 번 노력할 용기가 없다면
그것은 그만큼 간절한 것이 아니다.

무엇이든 간절한 것이면
그것에 자신의 온 열정과 삶의 뿌리 의식을
그것에 담지 않으면 성취할 수가 없다.

무엇이든
꼭 성취해야 할 것이면
거기에 자신의 온 힘을 다하는
물러남이 없는 정신이 확립되지 않으면
미약한 정신력 부족으로 쉬 포기하게 된다.

의지의 분명한 뜻을 세워 가는 길에는
때에 따라서는 내 삶을 헌신하고 바쳐야 하는
경우도 있을 것이며,
주위를 두리번거리는 의심 많은 여우의 꾀보다
어리석은 듯 묵묵히 미련한 곰처럼 밀고 나가는
추진력도 있어야 할 것이다.

무엇이든 끈기가 없으면
조금 노력하다 지치면 가벼운 근성에 흔들려

부정적인 생각에 포기하게 된다.

그러나 확고한 신념이 있으면
더 물러날 곳이 없어
어리석은 듯, 미련한 듯 오로지 한 생각 속에
일념을 더하다 보면 좋은 결과를 얻으리라.

만약,
그러다가 실패라도 하면 어쩌나 생각하는 그것은
자신의 결정이 명확하지 못하기 때문이다.

그 길이
옳음이 명확하고, 자기 뜻이 분명하며
만약, 그 판단이 잘못 없다면 그만한 가치는
있을 것이다.

삶은 대충 살 수도 없고
또한, 그렇게 살아서도 안 되며
무엇이든 뜻을 분명히 하고 명확함을 따라
뜻을 세워 그 길을 가야 한다.

일은 잘못되면 다시 할 수 있어도
삶은 되돌아올 수가 없다.

하다 보면
시련도, 실패도 있을 수가 있다.

그러나
그 시련과 실패는 그만한 가치가 있는 것이다.

시련과 실패가 두려워 못한다면
처음부터 포기하는 것이 좋다.

시작도 하기 전에 망설임은
막상, 시련이 오면 후회하기 마련이다.

단단한 나무도
비바람이 꺾이는 경우도 있으며
뿌리째 넘어지는 경우도 있다.

하물며,
단단하지 못한 마음으로 무엇이든 하다 보면
자신의 한계에 부딪히는 순간 극복하지 못하고
좌절하게 된다.

사람 성품의 근성과 기질은 같을 수가 없어도
간절함이 마음의 뿌리에까지 뻗치면
누구이든 못 이룰 것이 없다.

그냥,
마음을 가진다고 무엇이든 되는 것이 아니다.

무엇이든,

분명하고 명확한 뜻을 세우면
그 끝을 보는 단단한 정신의 근성이 있어야 한다.

세상도
얕은꾀로써 살아서도 안 되겠지만
자신의 삶에는 진지함이 있어야 하며
함부로 생각 없이 무엇이든 결정하지 말고
깊은 사유를 통해 명확한가를 판단한 연후에
행동하여도 늦지를 않다.

무엇이든
생각이 깊지 못하면 실수가 잦고
깊게 생각하지 못한 결과는
자신을 돌아보지 못한 어리석음은 모르고
자기 뜻대로 되지 않음만 탓하게 된다.

만약, 천 번 생각하고
천 번 생각한 것이 만 번이 되며
만 번 생각한 것이 억이 된다면
두루 꿰뚫지 못할 것이 없다.

또한, 천 번 노력하고
천 번 노력한 것이 만 번이 되며
만 번 노력한 것이 억이 된다면
이루지 못할 것이 없으리라.

어떤 사람은
천 번을 생각하지도 않고 쉽게 생각하며
천 번도 노력하지 않고 쉽게 포기를 한다.

시작하지 않은 것만 못하고
노력하지 않은 것만 못한 결과이다.

천만억(千萬億)은
천만억을 헤아리는 숫자에 있음이 아니라
일념이 지극하면 그것이 천만억념(千萬憶念)이며,
물러날 수 없는 일념행(一念行)이라면
그것이 천만역념행(千萬億念行)이다.

일념의 깊이가 천만억념의 가치가 있다면
그것은 천만억념을 담은 일념이며,
오롯한 일념행이 천만억념행의 가치가 있다면
일행(一行)이어도 물러남이 없는 일행이므로
천만억념의 가치를 담은 일행(一行)이다.

천만억념은 두 마음이 없는 일념(一念)이며
천만억념행은 두 마음 없는 일행(一行)이다.

이 일념(一念)이면
능히, 무엇이든 해결하지 못할 것이 없고,
이 일행(一行)이면
설사, 허공이라 하여도 무너뜨릴 수가 있다.

7. 의식의 향상

의식(意識)은
인식과 사고작용의 마음이다.

의식의 향상은 무한하며
의식의 발전은 한계를 초월하여 벗어나므로
무한히 열려 있다.

의식이 같은 차원에서의 향상을
의식의 발전과 성장 등의 언어로 표현할 수 있다.

발전과 성장이란 언어는
같은 차원에 기반을 둔 변화를 표현하는
언어이다.

의식이 머묾의 차원을 벗어나
다른 차원으로 변화하면
다른 차원으로 변화한 의식은
지난 옛것에 바탕을 두거나 물려받음이 없으므로
발전과 성장이라는 언어는 합당하지 않다.

의식의 차원을 달리한 변화를
의식의 진화나 승화라고 해야 한다.

진화나 승화라는 언어는
옛것의 상태를 벗어남이기 때문이다.

의식이
차원을 달리한 진화나 승화를 하지 못하면
의식이 끝없이 성장하고 발달하여도
현 의식의 차원을 벗어난 것은 아니다.

진화(進化)나 승화(昇華)라는 언어는
의식 차원의 변화를 명확히 하지 못하는
보편적 개념의 언어이므로
의식의 차원을 달리한 진화나 승화를
의식의 전변(轉變)이라고 한다.

진화나 승화의 언어에는
옛것을 바탕하고 기본하며 주체로 한
의미가 들어 있어
옛것의 상태를 벗어나지 못한다.

그러므로
진화와 승화의 언어는
옛것이 단절되거나 끊어진 상태가 아니다.

그러나
전변(轉變)이란 언어는
옛것의 상태를 벗어나므로
옛것 상태의 차원을 초월한 변화이다.

의식의 성장과 발전은
같은 차원에서의 성장 향상과 발전일 뿐
의식의 차원을 달리한 전변(轉變)은 아니다.

의식의 향상은 무한히 열려 있으며
의식이 지금의 차원을 벗어나
다른 차원으로 변화함이 의식의 전변(轉變)이다.

의식의 차원은 무한하며
의식의 향상에 따라 무한 차원의 의식으로
향상하게 된다.

그러므로
의식이 초월하여 무한 차원에 이르기까지
향상하게 된다.

의식이
현상세계의 차원을 초월하면
의식이 전변(轉變)하여
현상계를 벗어나 존재 근원의 무한에 들게 된다.

의식의 세계도
무한을 향한 의지의 작용으로
무한 무상(無上) 지혜를 향해 의식이
끊임없이 전변하며
향상하게 된다.

8. 매화의 꿈

매화의 꿈은
매서운 추위에도 꺾이지 않고
매화 꽃잎에 눈얼음이 엉기성기 엉기어 있어도
꽃잎이 시들지 않고
청초한 설중매화의 아름다움은
눈얼음 속에 더욱 그 모습이 돋보인다.

추위가 아무리 매서워도
어찌 그 꿈이 꺾일 수 있으며
눈얼음이 꽃잎을 얼어붙게 하여도
그 꿈을 어찌 접을 수 있으랴!

무엇이든
더없는 가치는 무한극복 승화에 있으며
가치의 아름다움은 꺾임 없는 의지에 있음이니
매서운 추위가 무서우면
온 천지가 무더운 여름꽃이 되었을 것이며
눈얼음이 두려우면
꽃잎 움을 터트리지 않았을 것이다.

매화의 꿈은
매서운 추위도 꺾을 수 없고
눈얼음이 꽃잎을 얼어붙게 하는 시련과 고통도
매화의 꿈을 꺾을 수가 없다.

무한을 향한 승화의 의지에는
생명 의지를 다 하므로
모든 장애를 벗어나 무한 승화를 하게 된다.

꿈을 향한 선택에는
오직 물길이든 불길이든 뚫어 극복해야 할
외통수의 외길이므로
물러설 수 없는 하나의 의지는
생명 뿌리의 열정까지 다하게 한다.

혼신을 다한 열정에는
무한 꿈을 향한 오직 하나 일념뿐이므로
꺾일 수 없고
어떤 장애라고 뚫어 꺾을 수밖에 없는
정제된 오롯한 정신 일념이므로
넘지 못할 물길도
뚫지 못할 불길도 없다.

무엇이든
극복 의지가 없으면
아무것이나 순응하고 순종하며 살아야 할 뿐

꿈을 갖지 말아야 한다.

꿈의 길은
자신의 의지로 무엇이든 극복해야 할 과제이니
극복의 용기와 응축된 의지와
물러설 수 없는 정제된 정신이 굳지 못하면
꿈 꽃의 향기도 피어보지 못하고
스스로 자멸한다.

꿈을 쉽게 생각하면
삶을 보는 시야가 아직 깊지 못하거나,
아니면
그 꿈은 세상 어디에서나 눈에 밟히는
흔한 것이다.

꿈의 뜻을 정하고
선택하며 결정하는 것에는
자신의 가치가 더불어 거기에 있음이니
뜻과 선택과 결정에는
자신의 가치를 생각한 현명함이 돋보여야 한다.

수많은 꽃이
산과 들, 천지에 가득 피어 널려있는
봄과 여름을 생각했다면
매서운 추위를 극복할 생각도 하지 않았으며
눈얼음이 꽃잎을 얼어붙게 하는

시련과 고통도 극복하려 하지 않았을 것이다.

누구를 위해서
누구를 위하여 이렇게 하는 것이 아니다.

나 자신의 꿈과 가치가
그곳에 있기에
물 속이든 불 속이든 뚫어야 하며
극복해야 할 뿐,
남을 시기하거나, 남을 앞서기 위한 어리석음에
이 길을 선택한 것이 아니다.

나의 가치와 꿈이
매서운 추위를 뚫어야 하고
꽃잎을 얼어붙게 하는 눈얼음의 시련과 고통을
극복하는 그곳에 있기에

매서운 추위와 눈얼음이
꽃잎을 꽁꽁 얼어붙게 하여도
청초한 나의 가치, 자태와 기품이 꺾임 없이
천지 만물을 얼어붙게 하는
추위를 뚫고 내 향기를 발할 뿐이다.

눈 속 매화의 향기는
그냥 주어지는 것이 아니다.

자신을 극복한
무한 의지 속에 피어난 정신의 꽃이며
극한의 장애도 뚫어 승화시킨
극복의 향기이다.

무한을 향한 시선과
물러설 수 없는 자기 승화의 정신이 없으면
눈꽃 속에 핀 꿈
아름다운 매화의 꽃과 향기는
피어날 수가 없다.

자신의
더없는 가치와 아름다운 기품은
자신을 극복하는
물러설 수 없는 의지와 정신의 향기에 있다.

설중매화의
꿈과 꽃과 향기는
눈에 보이는 그곳에만 있는 것이 아니다.

무한 열린
자기 가치의 승화를 향해
극복의 정신을 가진 그 열정의 혼(魂) 속에
청초한 설중매화보다 더 깊고 짙은
꿈 꽃의 향기가
피어난다.

9. 사군자(四君子)

사군자(四君子)는
군자와 선비 정신의 고고한 품성과
표상으로 알려져 왔다.

사군자(四君子)는
그 기품과 정신을 높이 숭상하여 흠모하며
예부터 그림의 대상으로도 즐겨 그렸다.

사군자(四君子)에 대한 인식은
청렴과 결백과 지조의 내면적 향기와
학식과 덕망을 갖춘 기품의 정신을
상징하고 있다.

사군자(四君子)는
매화(梅花), 난초(蘭草), 국화(菊花),
대나무(竹)이다.

매화는
늦겨울 추위에서도 꽃망울을 터트리며
눈얼음 속에도 꽃을 피우는 고결한 강인함은

군자의 절개, 정신의 향기를 상징한다.

난초는
가냘픈 듯 청순하며
초연한 듯 때 묻음 없는 고결한 모습은
척박한 환경에도 뿌리를 내리며 잘 자라고
휘몰아치는 바람에 가냘픈 온몸이 흔들려도
청초한 지조를 지키는 고상한 아름다움은
은은한 난 꽃의 향기가 더하여
군자의 고결한 정신의 향기를 드러낸다.

국화는
가을의 풍요와 풍성함을 돋보이게 하고
모습이 청초하고 때 묻음 없는 순수 고상함과
꽃잎이 꽉 찬 풍성한 모습은
군자의 학식과 덕망과 인품의 풍요를 상징하니
이는 군자의 성숙한 내면의 세계를 드러낸다.

대나무는
사철 푸르고, 곧게 자라는 품성은
군자의 지조와 절개의 강인한 기상을 드러냄이니
이는 군자의 삶의 도(道)를 표상함이다.

무엇이든
나를 일깨울 수가 있고, 배울 바가 있다면
그것이 무엇이든 수용하고 배우는

나를 일깨우는 정신 자세가 있어야 하며
나를 일깨우고자 하는 열린 의식이 있으면
사군자(四君子)뿐이랴!

보고 듣는 그것이 무엇이든
의식이 열린 만큼 느끼며 자각하니
나보다 낫거나 못한 자에게도 배울 것이 있고
눈에 보이고 귀에 듣는 것 모든 촉각과 감각이
나를 일깨우고 깨닫게 하는 존재이다.

사군자(四君子)의 의미는
눈 밖에 있는
매화, 난초, 국화, 대나무가 아니라
내 마음에 있는 고결한 품성과 기질이다.

내 품성에
어떤 시련에도 고결한 마음을 잃지 않고
정신의 향기를 발하며 이상의 삶을 추구해가면
그것이 매화의 품성이다.

내 품성에
때 묻음 없는 고결한 정신을 기르고
어떤 어려움에도 굴하지 않는 정신을 가지며
아름다운 정신을 가진 삶을 추구하면
그것이 난초의 품성이다.

내 품성에
때 묻음 없는 고상한 기품과 품격을 더하고
배움과 자기 다스림의 품성을 기르며
성숙한 정신과 인품의 향상을 쌓아가면
그것이 국화의 품성이다.

내 품성에
언제나 정의(正義)와 의로움을 존중하고
바른 안목을 가진 정신을 기르며
항상 자신을 일깨우는 삶을 도모하면
그것이 대나무의 품성이다.

약(藥)도 먹어야 몸에 이롭고
음식도 먹어야 몸에 이로운 것이 된다.

나를 이롭게 하지 않으면
아무리 좋아해도 도움이 되지 않으니
사군자(四君子)의 정신을 배우고 익히며
자기의 기품과 품성을 향상하게 할 때
사군자(四君子)의 가치는 살아있는 것이다.

사군자(四君子)는
기품 있는 정신과 품격 있는 사람의
향기이며 모습이다.

10. 눈이 오는 소리

옛 어릴 적 눈이 오는 밤
하늘에서 눈이 내리는 것을 보며
눈 내리는 소리를 지금도 기억하고 있다.

어두운 밤하늘
아무것도 보이지 않는 캄캄한 허공에서
눈송이가 펄펄 날리며 많이 내려
땅과 나뭇가지에도 눈이 쌓이기 시작했다.

조용하고 캄캄한 허공이어도
눈이 많이 내리면
하늘을 보면 어둠의 허공에서 큰 눈송이가
펄펄 날리며 마구 내리는 것이
눈에 보인다.

바람 없는 조용한 밤
펑펑 많이 내리는 큰 눈송이가
나뭇가지에 와 닿는 소리
그리고 눈 쌓인 장독이나 여러 곳에서
눈 내리며 닿는 소리가

어린 나의 귀에도 사륵사륵 들린다.

어릴 적, 어두운 밤에
허공에서 눈이 펄펄 날리며 내리든 모습과
나뭇가지와 온 주위에 눈이 와 닿는 소리
사륵사륵 눈 내리는 그 소리를
몇십 년 세월이 흐른 지금 늙음이 깊었어도
어린 시절 그날의 기억을 잊지 않고 있다.

어린 마음이어도 눈이 오는 것을 보면
마음이 들뜨고 기쁘며 더욱 순수해진다.

다음 날 일어나보면
온 천지가 다 하얀 눈으로 덮여있는
세상을 보게 된다.

지금 늙음이 깊은 이 나이에도
그와 같은 상황이라면
어릴 적 철없이 좋아하든 그 순수한 감성을
가질 수가 있을까?!

삶을 살다 보면 많은 것을 겪으며
마음에 순수의 감성이 메마르고
무엇이든 초연히 바라보는 아픔이 있다.

그러나

순수 생명의 때 묻음 없는 그 감성을
잊지 않으려고
지금도 내 마음을 순수감성으로 평안하게 하며
항상 때 묻음 없는 순수 생명의 감성과
촉각이 생생히 살아 있도록
노력하고 있다.

순수 생명 감성과 촉각을 잃으면
마음은 삭막해지며
순수감성의 촉각과 감각이 둔해지므로
사고가 굳어져 의식이 때 묻거나 얽매임에 젖어
의식이 순일하지 못하고 자유롭지 못하며
순수 생명 감성을 잃어
의식과 정신의 촉각과 감각이 무디어 둔해지고
의식과 정신이 삭막해 마음이 메말라
아름답지 못한 감각의 존재가 된다.

의식은, 촉각하고 감각하며 느끼고
인식하며 생각하는 마음이다.

정신은, 의지의 작용이며
의식을 발생하게 하는 근원 성품이다.

마음은, 표현하고 나타내며 작용하는
모든 일상 행위의 자기 마음이다.

마음을 순수하게 하고
때 묻음 없는 의식이 되도록 하며
마음을 안정되고 평온하며 평화롭게 하고
아픔과 상처를 치유하는 정화의 명상법 중에
순수 어린 시절, 때 묻음 없는 아름다운 추억과
아름다운 어린 시절 기억의 순수 상념으로
자신의 지금 마음을 치유하고 정화하며
그 순수의 마음을 그대로 가지다 보면
마음이 세월과 상황에 젖어 때 묻음과
마음의 아픔과 상처가 치유된다.

지금 생각하면
그 어린 시절이 순수 동화의 세계와 같다.

지금은 아련한 기억이어도
눈 내리든 그날 저녁
어둠의 허공에서 큰 눈송이가 펑펑 쏟아지며
나뭇가지에 눈이 쌓이고
어린 생명의 눈으로 큰 눈송이를 보며
귀로 눈 내리는 소리를 듣던 그때를 생각하면
지금은 늙음이 깊어 몸이 온전하지 않아도
순수 때 묻음 없는 어린 시절
그 순수의 어린 감성으로 되돌아가며
지금도 마냥 마음이 끝없이 순수해진다.

누구나

삶에 얽매이고
여러 상황 속에 아픔을 겪다 보면
순수감성은 어느덧 메마르고
때 묻음 없는 어린 시절의 순수감성은 잊히며
자신이 처한 상황의 시련과 아픔에 젖어
벗어나지 못하고 있을 수도 있다.

그럴 때는
다양한 현실의 아픔과
지금 상황에 자신이 감당한 마음의 짐들을
잠시 내려놓고,
현실에 젖어 까마득히 잊고 산, 순수 어린 시절
때 묻음 없는 순수 아름다운 기억을 떠올려
그 티 없는 아름다운 기억의 상념으로
지금의 아픈 마음과 가슴 아픈 상처를 치유하고
그 아픔을 정화하여 씻어내다 보면
아픔 없는 새로운 마음으로 다시 용기를 가지고
자신 생명의 삶을 아름답게 할 수가 있다.

마음은 거울과 같아
삶의 모습들이 거울에 남아 있는 것은 아니어도
마음에 아픔과 상처를 받으면
그 아픔과 상처가 의식에 남아 지우지를 못하여
그 아픔과 상처를 부여잡고 있음이니

마음의 안정과

순수 평화와 기쁨과 행복을 위해
자신의 지난 고운 추억
때 묻음이 없는 순수 어린 시절
그 순수 자신의 아름다운 기억의 상념을 떠올려
그 상념 속에 들어 깊이 명상하면
많은 시간 세월의 흐름 속에
상처받은 아픔의 마음이 씻기어 치유되고
아픔 없이 정화된다.

상처와 아픔 있는 지금의 마음을
순수 때 묻음 없는 자기 어린 시절의 추억
옛 기억, 순수 아름다운 좋은 상념으로 명상하여
지금의 모든 아픔과 상처를 씻어 걷어내고
치유한 순수 새 마음의 삶으로 소생하는
자기 마음 치유의 순수 상념명상이다.

내 마음의 아픔과 상처는
내 삶의 아픔이며 마음의 상처이므로
내가 치유하고 정화하지 않으면 안 되며
나의 아픈 생명의식이 새롭게 소생하는 길은
내가 나를 치유하는 정화의 길뿐이다.

마음은 신비하여
무한 불가사의한 초월의 능력이 있으므로
내 마음의 아픔과 상처를 치유할 능력이
신성한 티 없는 내 마음과 정신에 있다.

그리고,
마음 치유의 방법이 여러 수행이 있으나
가장 단순하며 치유의 효과가 빠른 것이
자기 어린 시절의 때 묻음 없는
순수 아름다운 기억의 상념명상으로
지금 자신의 아픈 마음과 상처를 치유하고
새롭게 정화된 치유의 순수 마음으로
삶의 생기를 더할 수가 있다.

생명과 마음은
본래 아픔이 없으며 상처도 없으므로
아픔과 상처가 있어도 본래로 돌아가려는
회귀성의 절실한 본능적 작용이 있으니
조금만 자기 마음에 도움을 주면
때 묻음 없는 순수 아름다운 생명 본성의
티 없는 마음으로 돌아가게 된다.

무엇보다
생명과 마음은 회복력이 빠르기에
마음과 정신과 신념의 상태에 따라
한순간에 아픔 없고 상처 없는 본래의 순수로
돌아갈 수가 있다.

왜냐하면
마음의 아픔과 상처, 모든 의식의 작용이
뿌리 없는 환영(幻影)이기 때문이다.

그 환영만 거둬내면
본래 때 묻음이 없는 순수 맑고 아름다운
본래의 티 없는 마음이 드러나게 된다.

그러나
본래의 순수 아름다운 마음에
아픔과 상처가 때 묻게 되면
티 없는 본마음은 순수하기에 가리게 되고
아픔과 상처만 드러나게 된다.

마음에 아픔과 상처는
삶을 평화와 기쁨과 행복을 잃게 하므로
마음 본래의 순수 티 없는 마음으로 되돌리고
회복하는 명상을 해야 한다.

기억하고 있는 어떤 특정한
순수 아름다운 자연의 모습을 명상하는 것도
치유와 정화에 도움이 된다.

그러나, 자기의 어린 시절 아름다운 기억
순수감성을 회복하는 명상이 좋은 점은
어린 시절의 순수감성과 순수 아름다운 감정을
기억의 상념 속에 지금도 더불어 지니고 있으며,
자기 삶에 순수의 영역 보물처럼 감추어져 있는
그 순수 아름다운 감성을 자극하므로
자기 상념의 감성에 동화되는 순수명상은

자기 마음에 내재한 티 없는 순수 영역에 듦으로
아름다운 순수성의 빠른 회복력에
아픔과 상처를 정화하는 마음 치유의 회복력이
다른 명상보다 더욱 빠르다.

혹시나
눈 오는 소리를 들어보셨나요?

이직, 눈 오는 소리를 듣지 못하였어도
상념으로 눈 오는 소리를 들어보세요.

눈 오는 것을
상념으로 생각하는 것만으로도 마음이 평안하고
눈 오는 소리를 상상하는 것만으로도
순수의 아름다운 감성이 동화되어
마음에 어떤 아픔이어도 치유되고 정화되며
마음의 순수감성 감각에 눈을 뜨게 될 수도
있습니다.

자신의 마음을 치유하는 의사는
이 세상에, 단 한 사람밖에 없습니다.

이 세상에
자기 마음을 치유할, 단 한 사람 그 의사는
그 마음의 티 없는 주인공
바로 당신입니다.

8장
지성(知性)의 향기

1. 삶의 명상

마음을 텅 비우고
동공(瞳孔)을 정화(淨化)하며
세상을 보는 동공에 어둠이 없게 한다.

끝없는 허공을 사유하며
생명 혼(魂)에
우주의 무한 빛 축복으로 가득 채운다.

수많은
생명 축복 세상, 지구를 사유하며
마음 가득 감사와 축복 기운으로 충만하게 한다.

삶은 아름다움이며
삶은 사랑의 아름다움이다.

삶의 아픔은
사랑이 중요함을 깨우치게 함이다.

사랑 없는 삶은 아픔이며
삶이 아름다운 것은 사랑 때문이다.

삶을 사랑이며
티 없는 순수 동공으로 끝없는 하늘을 보며
온 우주가 사랑의 세계임을 자각한다.

해 달 별 허공
모두 무한 감사와 축복의 세계이다.

무수 생명이 사는 지구도
아름다운 무한 축복 사랑의 세상이다.

이 우주 모두
아름다운 축복, 사랑의 세상이다.

삶은
아름다운 것이다.

삶은
사랑을 배우고 실천하는 여정이며
사랑을 깨닫고 자각하며 배우는 길이 삶이다.

순수 티 없는 나를 사랑하고
세상을 사랑하고
모든 생명을 사랑하고
모든 존재를 사랑하고
우주와 허공을 사랑한다.

사랑 빛
생명의 삶을 살며
사랑의 생명으로 의식이 승화한다.

더없는
사랑의 존재가 되며
사랑은 축복이며, 삶의 기쁨과 행복이다.

기쁨과 행복은 사랑이며
삶은 사랑이며
그것이 삶의 길이다.

2. 은혜(恩惠)

삶에는
사랑과 책임
의무와 봉사와 희생 등이 있다.

삶에 연계된 모든 것에는
마땅히 자신이 감내하고 감당해야 하는
자기 역할과 그에 상응한 일이 있다.

이 모두를
의식 속에 어떻게 수용하고 이해하며
자신의 삶으로 접목하느냐에 따라
삶의 사고는 각자 방향성을 달리한다.

뜻을 세워
삶의 방향을 설정하며
자신이 원하는 바를 성취하는 길에는
그 길이 어떤 길이든, 자신의 지혜와 역량,
자기 다스림의 용기와 최선의 노력을 요구하는
길이다.

무엇이든, 가는 길에는
어떤 상황과 어떤 어려움이 있어도
자신의 지혜와 용기를 다하며 방황하지 말고
끈기 있게 헤쳐나가야 한다.

삶의 노력 속에
삶을 배우고 깨닫게 되며
삶에 대한 경험을 쌓으며 시각이 열리고
똑같은 상황이 닥쳐도 해결할 능력을 얻게 된다.

삶에 어려움이 없으면
생각이 깊지 못하고 끈기가 없으며
처세 능력이 부족하여 삶의 지혜가 부족하다.

삶의 어려움은
나약한 자질을 개선하게 되고
극복의 역량을 기르며
강인한 정신과 의지를 북돋우게 되므로
시련을 굳건히 이기는 자생력을 기르게 된다.

정신이 나약하면
남을 탓하며 자기변명에 급급하고
용기가 없으면 상황을 극복하지 못하고
경험을 쌓지 않으면 어려움에 대처하지 못한다.

의식의 성장이 부족하면

사고와 시선이 자기밖에 몰라
남을 생각하고 배려하거나 위하며 존중하는
사회적 정신도 부족하고
세상을 생각하고 전체를 바라보는 시선이 없어
항상 자기 위주의 의식이 고정되어 있다.

삶은 공짜가 아니다.

이 세상의 삶은
나도 모르거나, 잊고 있는 그 누군가가
희생하고 봉사하며 노력한 은혜 속에
살고 있다.

세상에
우연히 주어지는 공짜는 없다.

무엇이든
공짜라고 생각하는 사람이 있을지라도
사랑과 희생과 봉사와 의무와 책임을 다하며
노력한 그 누군가가 있었기에
이 땅,
지금의 삶이 공짜처럼 느껴질 수도 있다.

자신이
이룩하지 않고 누리는 그것이 무엇이든
자신의 희생을 마다치 않고

사랑과 책임과 의무를 다해 노력하며
묵묵히 땀 흘려 희생한 사람들이 있었기에
지금의 우리가 노력하지 않아도 누리는 모두가
그 혜택이며, 그 은혜의 세상이다.

또,
우리가 노력한 사랑과 책임과 의무를 다한
이 결과를,

다음 미래의 세대는
먼저 산 사람들이 책임과 의무를 다하며
묵묵히 희생과 봉사와 노력한 결과임을 모르고
모두가 은혜이며, 감사한 소중함을 잊고서
자신에게 주어진 은혜의 혜택을
공짜처럼 생각하며
당연하게 생각할 것이다.

모두가 은혜임을 깨달으면
내가 누리는 모든 혜택이
먼저 산 사람들이 삶을 꿈꾸며 노력한 결과인
그 은혜의 혜택이며
무한 감사의 세상임을
깨닫게 된다.

3. 타(他)의 타(他)

타(他)의 타(他)는 나다.

만약,
나를 지칭하는 언어와 이름이 없다면
나를 지칭할 수가 없어
나에 대한 개념이 사라진다.

나에 대한 개념과 인식은
나를 지칭하는 언어가 있고
또한, 개체의 이름이 있기 때문이다.

나에 대한 지칭의 언어가 없고
또한, 이름이 없다면
나의 상대인 남이란 개념도 없다.

나에 대한 인식을 생기게 하는 것은
나를 지칭하는 언어와
나에게 부여된 이름이 있기 때문이다.

만약,

나의 이름과 나를 지칭하는 언어가 없다면
나라는 존재를 어떻게 지칭해야 하며
나를 무엇이라고 해야 할까?

어떤 사물을 볼 때
남이라는 인식을 벗어나 그냥 사물을 인식할
뿐이다.

마찬가지고
나를 지칭하는 언어와 이름이 없다면
다른 사물을 보듯,
나를 그렇게 인식할 수밖에 없다.

만약, 의식 속에
나를 지칭하는 언어와 이름을 제거해 버린다면
감정과 촉각은 그대로 있어도
나에 대한 인식의 상태는 많이 달라진다.

나에 대한 집착은
나를 지칭하는 언어와 나를 지칭하는 이름이
있기 때문이다.

또한
만약, 상대를 지칭하는 언어와
상대를 지칭하는 이름이 없다면
상대를 어떻게 지칭해야 하며

어떻게 불러야 할까?

나와 남의 경계가 사라지면
나도 없고, 남도 없다.

그렇다고
내가 남이 되는 것도 아니며
남이 내가 되는 것도 아니다.

단지,
나와 남 분별의 인식이 사라질 뿐이다.

그러므로,
나에 대한 집착과 남에 대한 분별의식이 없어
나와 남에 대한 평등심을 가지게 된다.

나에 대한 고정관념이 사라진 것을
무아(無我)라고 한다.

무아에는 나만 없는 것이 아니라
남이란 관념도 사라진다.

나와 남을 나누고 구별하며 분별해야만
살아갈 수 있는 것이 아니다.

나와 남을 분별하지 않는 그 마음으로 살면

자신을 위해 남에게 해로운 마음을 갖지 않는다.

그리고
자신을 이롭게 하듯
남을 이롭게 하는 마음으로 살 수가 있다.

지성(知性)과 지혜와 인격과 정신의 성숙도와
사랑과 예(禮)와 도(道)와 성(聖) 등의 초점은
남을 어떻게 생각하고, 어떻게 수용하는가에
그 귀추가 있다.

남을 단지, 남으로 생각하면
성숙한 지성도 아니며
성숙한 인격도 아니며
성숙한 정신도 아니며
성숙한 사랑도 아니며
성숙한 예(禮)도 아니며
성숙한 도(道)도 아니며
성숙한 성(聖)도 아니다.

나와 남이 서로 분리의식이 사라짐이
성숙한 지성이며
성숙한 인격이며
성숙한 정신이며
성숙한 사랑이며
성숙한 예(禮)이며

성숙한 도(道)이며
성숙한 성(聖)이다.

그 까닭은
지성이, 인격이, 정신이, 사랑이, 예(禮)가
도(道)가, 성(聖)이 성숙할수록
분리의 이질성이 사라지기 때문이다.

그것은
정신이 성숙할수록
자신의 욕망을 벗어나기 때문이며
정신의 성숙으로 남의 수용하고 배려하며
아픔과 상처를 더불어 공유하고
생명과 삶의 희망과 꿈을 같이하는 의식으로
성숙하기 때문이다.

또한,
정신이 상승하여 초월의식에 들면
자아의식을 초월하므로
자타 없는 마음을 쓰기 때문이다.

남을 남으로 볼 때는
자기의 욕망과 이기심의 마음을 품지만
남이라는 마음이 없으면 사리사욕이 없기에
남을 따뜻하게 배려하고 수용하는
둘 없는 마음을 갖게 된다.

그러므로
의식이 상승하고 정신이 깨어날수록
자신의 가치와 삶의 의미를
더불어 행복한 세상을 위함에 둔다.

남과 세상을 이롭게 하는 시야로 확장되는 것은
나와 남과 세상은 삶의 한 운명체이므로
자기의 이기적인 시야가
곧, 어리석음임을 자각하고 깨닫기 때문이다.

삶이 아름답고
자기 존재가 가치 있는 성숙한 길은
세상을 이롭게 하는 더불어 행복한 삶이다.

그 삶은
타(他)의 타(他)로 사는 것이 아니라
자타 없는 한 생명의식의 삶을 사는 길이다.

그것은
자타의 대(對)가 없는 절대 의식의 삶이다.

이것이,
정신이 깨어있는
둘 없는 생명의식이다.

이 승화된 의식을 성(聖)이라고 하며
이를 행함을 의식이 승화된 사랑이라고 하며
이 삶의 길을 무위도(無爲道)라고 하며
이 마음이 불이심(不二心)이며
이 삶이 궁극 행복이다.

4. 정(情)

정(情)은
아름다운 것이다.

만약,
정(情)이 본연의 순수성을 잃으면
그것은 정(情)이 아니라
개인적 분별심인 사념(思念)에 속할 뿐이다.

정(情)은 정(情)일 뿐,
이유도, 조건도, 분별도, 요구(要求)도 없다.

정(情)은
그냥 한마음 그 자체일 뿐
그 이상도, 그 이하도 아니다.

정(情)은
어떠한 이러저러한 분별이 없다.

왜냐면,
정(情)은 분별에서 생겨난 것이 아니라

가슴에서 피어난 본연의 성품이기 때문이다.

허공이 둘로 나눌 수 없듯
정(情)은 둘로 나눌 수가 없다.

그냥,
그 자체로 허공처럼 둘 없는 하나일 뿐
나눌 수 없는 것이 정(情)이다.

그러므로
한 사람이든, 열 사람이든, 천 사람이든
정(情)은 개체성을 허물어 하나이게 한다.

왜냐면
정(情)은 인위적인 것이 아니라
자연 순화적 성품에서 일어나므로
개체성을 허물어 허공처럼 하나이게 한다.

그러므로,
정(情)은 장벽이 없으며, 차별이 없으며
상황과 조건을 넘어 하나이게 한다.

그러나,
정(情)을 차단하거나 잃는 경우는
하나가 둘이 되게 하는
벽을 만든 분별심 때문이다.

그렇다고 하여,
정(情)을 잃거나 사라지는 것이 아니다.

정(情)은 본성으로 발현하므로
허공성과 같아 사라지는 것이 아니다.

모든 존재의 생성은
정(情)으로부터 비롯하며
모든 존재의 상황은 정(情)으로 이루어져 있고
모두 정(情)에 의지해 삶을 유지하며
정(情) 속에 삶의 행복과
보람을 자연히 느끼게 된다.

정(情)과
분별심을 같이 생각해서는 안 된다.

정(情)은 분별없는 진실한 가슴의 생명성이며
분별심은 이것저것 머리로 헤아리는 사량이다.

허공이 없으면
모든 존재가 존재할 수 없듯
정(情)은 비어 있는 허공이 아니라
무한 끝없이 펼쳐있는 허공 충만 생명성이다.

단순히
허공을 보면 비어있는 것 같아도

허공 가득 충만한 불가사의 무한 성품이 있으니
이것이 허공의 생명성이다.

정(情) 없는 삶은
그냥 존재일 뿐, 삶의 의미가 없다.

삶의 참 의미는
살아가는 것에 있음이 아니라
정(情) 속에 삶의 의미와 목적이 있다.

그러므로,
혼자여도 무엇에든 정(情)을 유발해야 하며
여럿 있어도 정(情)을 유발해야 삶이 이루어진다.

정(情)이 소중함은
생명이 생겨난 근본이며
생명과 만물의 관계가 정(情)으로 이루어졌으며
모든 존재의 교류가 정(情)의 관계적 이음이다.

정(情)의 다른 말이, 생명 에너지 감성이며
모두 떨어져 살 수 없는 결속의 생명력이며
혼자서 살 수 없는 관계의 바탕이다.

정(情)은
생명이 가진 원초적 생명 감성이며
생명이 작용하는 근본 생명의 힘이니

이를 달리 이름함이 본연 성품의 작용이다.

성품의 작용이 곧, 정(情)이며
정(情)의 다른 이름이 성품(性)의 힘이다.

성품의 작용을
감성으로 수용하고 인식함으로
그것을 정(情)으로 수용하고 인식하게 된다.

그러므로,
순수 본연 성품의 작용을 정(情)이라고 하며
때 묻음 없는 정(情)은 생명성이므로
허공의 성품과 같이 분별없이 하나 되게 하고
성품이 작용하고 발현함의 일체가
곧, 정(情)이다.

정(情)의 작용이 성품의 작용이며
성품(性)이 작용이 곧, 정(情)이 발현함이다.

정(情)이 곧, 성품임을 모르므로
성품과 정(情)을 분리하여 생각하며
정(情)에 분별의 사념과 감정이 개입함으로
정(情)이 본연의 순수 성품을 잃어 혼탁해지며
정(情)이 본연의 청정성을 잃게 된다.

삶은, 정(情)이며

정(情)은 곧, 삶의 에너지이며, 길이다.

정(情)을 잃으면 삶의 의미를 잃고
정(情)을 회복하고 이룩하며 왕성해지면
그것이 삶의 축복이며, 행복이다.

그러므로,
순수 성품의 정(情)인 자연성이
관계 속에 유지되도록 노력해야 하며
정(情)에 개인적 욕구와 이해가 개입하게 되면
본연 성품의 작용인 정(情)이 혼탁하여
성품의 순수성을 상실하게 된다.

혼탁한 정(情)은
정(情)이 혼탁한 것이 아니라
개인적 욕망의 이해가 개입한 그것이 혼탁일 뿐
정(情)이 혼탁해진 것이 아니다.

이는,
맑은 물이 흙으로 탁해지는 것과 같음이니
물이 탁해짐은 흙에 의함일 뿐
물의 성품이 탁해지는 것이 아님과 같다.

또한,
허공이 비구름으로 맑지 못함과 같음이니
허공이 맑지 못함은 비구름에 의함일 뿐

허공의 성품이 맑지 못함이 아님과도 같다.

정(情)은
본연 성품의 작용이므로 무엇에도 물듦 없고
무엇에도 이끌림 없으나
허공성과 물의 성품과도 같아 너무 순수하여
분별의 각종 생각이 정(情)을 혼탁하게 함으로
본연 성품의 작용인 정(情)의 순수성을
오염시키고 상실하게 한다.

그러나 혼탁한 분별심이 사라지면
순수 성품의 정(情)이 항상 그대로이니
혼탁에도 정(情)은 물듦 없이 본연 그대로일 뿐
정(情)이 물들었거나 변한 것은 아니다.

정(情)은 성품 본연의 생명력이니
혼탁한 것은 개인적 이해의 감정이 혼탁함일 뿐
그것이 정(情)이 아니다.

정(情)의
다른 이름이 사랑이다.

사랑은 생명성이며
본연 성품의 순수 때 묻음 없는 생명작용이다.

사랑은

둘 없는 개체성을 초월하는 허공성의 생명력이며
모두를 결속하고, 하나 되게 하는
본연 성품의 생태작용이다.

정(情), 사랑, 성품은
상황을 따라 달리한 이름일 뿐이므로
서로 다른 것이 아니다.

정(情)의
또 다른 이름이 생명이다.

그러므로
정(情)과 사랑과 성품과 생명이 오직 하나이다.

단지,
인연과 상황에 따라 이름을 달리한 것일 뿐이니
정(情)과 사랑과 성품과 생명이 다르지 않다.

정(情)은
관계에 의한 것으로 생각해도
정(情), 그 자체는 관계의 상황과 개체의 둘이
없다.

또한, 사랑은
관계에 의한 것으로 생각해도
사랑, 그 자체는 관계의 상황과 개체의 둘을

초월했다.

성품, 또한
일체 모든 것을 초월하며
일체가 한 성품의 작용에 의한 존재의 세계이며
너와 나 모든 차별의 성품이 다른 것이 아니므로
만물만상 그 차별성의 본성이 다르지 않다.

또한, 생명도
무수 차별로 벌어져 산과 바다의 생명이 달라도
생명은 산도 바다도 허공도 없고
모두가 하나의 생명성으로 이루어져 있다.

차별의
시각과 분별에는 서로 분리되어 있어도
정(情)과 사랑과 성품과 생명은 다를 바 없어
일체 차별 모든 존재의 만상과 만물이
오직 하나일 뿐이다.

근본으로 돌아가면 일체가 차별이 없고
개체로 돌아가도 분별심은 가지면
눈과 귀와 코와 혀와 팔과 다리 등이 같지 않고
하나의 시각에서 보게 되면
일체가 차별이어도 한 몸일 뿐이다.

서로 분리된 생각을 하므로

서로 다른 이해 속에 생각이 혼탁해지고
본래 하나로 돌아가게 하는
순수의 정(情)과 사랑과 성품과 생명이면
서로 다름없는 하나가 된다.

그것을 깨달으면
모든 분별의 이해관계가 소멸하여
본연의 순수를 따라 모든 혼탁함이 사라져
본연 순수의 정(情)인
때 묻지 않은 사랑 성품 생명이 되어
서로 아름다운 정(情)으로
서로 소중한 사랑으로
모두 때 묻음 없는 성품이 되어
정(情)이 충만하고 사랑이 가득한
생명의 세상이 되리라.

모두
본래 둘 없는 순수의 세계
자기의 근원으로 돌아가지 않으면
혼탁한 정(情)도
아픔과 상처를 주는 사랑도
때 묻음의 성품도
괴로움과 고통에 얽매인 생명세계도
벗어날 수가
없다.

그러므로,
때 묻음 없는 정(情)은
누구에게나 소중하고 간절하며 절실한
기쁨과 행복한 삶이 피어나는
꽃이다.

5. 은혜의 삶

삶은
은혜의 인연 속에 이루어진다.

태어남도
지금, 살아 있음도
앞으로의 삶도 은혜의 인연에 의지한 삶이다.

태어남이
이 몸도 은혜의 인연 속에 받아 났고
은혜의 인연 속에 성장하며
무엇을 하여도 자연의 은혜에 의지하고
사람 관계의 은혜 속에 의지해 살아간다.

무엇이든
은혜에 의지하지 않은 삶은 없다.

크게는 자연의 은혜와 혜택에 의지해 있고
삶의 관계가 사람 속에 있음도
은혜에 의지한 삶의 인연 관계이다.

은혜의 환경은
삶을 유지하는 혜택이며
삶에 대한 의지와 꿈을 갖게 하는 세상이다.

일체가
인연에 의지한 혜택이니
무엇이든 당연하게 생각해서는 안 된다.

의식이 성장하고
시야가 사람 삶의 세상과 우주로 확장될수록
자신의 삶이 은혜 속에 있음을 자각하며
은혜에 의지하지 않은 것은 하나도 없음을
깨닫는다.

무엇이든
자신의 힘으로
또는, 능력으로 이루었다고 생각하는
그것이 무엇이든
다양한 은혜와 혜택 속에 이루어진 것이다.

삶이
혼자가 아닌 이 자체가 은혜의 관계이며
존재와 생존 그 자체가
다양한 은혜와 혜택 속에 있음이다.

나,

그 자체는 은혜 속에 살아가는 존재이며
태어남도, 살아감도
꿈을 찾고 삶을 위해 노력하는 일체가
다 은혜 속에 이루어지는 삶이다.

자신도 되돌아보면
은혜를 베푸는 삶 속에 한 생명임을
자각하게 된다.

이 우주는
그렇게 서로 은혜 속에 존재하며
서로 의지한 베풂 속에
우주 만물이 그 삶을 살아가고 있다.

무엇이든
베풂이 삶의 섭리며 길이니
베풂을 통해 은혜의 삶을 살게 되고
베풂과 은혜의 인연으로 순환하는 삶이
곧, 우주 만물 존재의 삶의 섭리이다.

사사로이
자신을 위한 삶이라 생각해도
그것은 아직 시선이 자기를 벗어나지 못한
자기 위주의 좁은 시각이다.

시야가 자기를 벗어나 세상의 모습과

만물과 우주의 섭리에 대해 눈을 뜨게 되면
남을 위한 베풂의 삶이
모든 존재의 섭리임을 깨닫게 된다.

이것이
서로 의지한 상생의 섭리이니
이를 벗어나면 서로 존재할 수가 없다.

은혜를 받은 자는
은혜를 베풀어야 살아갈 수가 있고
혜택을 받은 자는
혜택을 베풀어야 그 존재의 삶을 살아갈 수 있다.

이것이
상생의 섭리인 만물 존재의 섭리이니
상생의 세계에는 은혜와 혜택을 베풀지 않으면
그 존재 삶의 의미와 가치가 없다.

자신의 삶을 위해 노력함이
곧, 상생 섭리의 길이며
상생 삶의 섭리를 따라 노력하는 일체가
곧, 자신의 삶을 위한 길이기도 하다.

일체 존재는
상생 섭리의 인연관계 속에 존재해 있으며
그 섭리 속에 한 존재의 삶을 살아간다.

그것이 무엇이든
당연한 것이 아니라
다양한 인연의 은혜와 혜택에 의한 것이다.

그 은혜와 혜택의 섭리를 따라
삶의 꿈도, 자신의 행복도 이룩하는 것이다.

이것이
무한 상생의 세계
은혜와 혜택의 관계 속에 삶이 이루어지는
공동 운명체의 삶이다.

무한 상생의 세계가
펼쳐져 있음이 무한 우주이며
이 우주 상생의 섭리를 따라 살아감이
사람 삶의 세상이다.

지혜의 눈이 확장되고
삶을 바라보는 열린 시선이 만물의 운행과
우주에까지 이르게 되면
일체가 아름다운 운명의 한 공동체
상생섭리의 세계임을 깨닫게 된다.

누구이든
그 삶은, 우주 상생섭리의 질서를 따르는
아름다운 상생 삶의 존재이며

모두가 상생섭리를 따라 삶을 살아가는
소중한 생명체이다.

이 일체가
서로 은혜와 혜택 속에 살아가는
우주 섭리의 삶이다.

6. 그 사람 생명을 사랑하라

그 사람보다
그 사람 생명을 사랑하는 지혜를
가져야 한다.

눈에 보이는
그 사람에 대한 시각만 가지면
그 사람에 대해 다양한 분별심을 가지게 되고
자기 성향에 치우친 평가를 할 수도 있다.

사람은
누구나 완전하지 않을 수 있으며
제각각 성향이 달라
사람을 대함에 자기 선호의 편향적 성향을
가질 수가 있다.

그러나
생명은 신비롭고 때 묻음 없이 완전하며
그 생명 작용이 사람의 현상이므로
사람을 대함에 그 사람보다
그 사람의 생명을 사랑하는 지혜를 가져야 한다.

그 지혜를 가지면
그 사람을 대함에 부족한 점보다
생명에 대한 아름다움과
생명의 존엄성에 대해 깊이 수용하게 되고
사람의 관계가 더욱 이로운 관계로
발전할 수가 있다.

사람은
서로 다른 차별성을 지니고 있으므로
상대에 대한 분별심을 갖지 않기가 어려우며
열린 의식의 성장과 마음 씀의 성숙을 위해
좀 더 깊은 차원의 성숙한 마음을
가질 필요가 있다.

의식의 성장을 위해
자기 관점 시각의 한계를 벗어나
긍정적 차원의 열린 정신으로 사물을 수용하는
성숙한 시각을 가져야 한다.

사람을 대함에 그 사람의 행위보다
그 사람의 생명을 사랑하는 마음을 가지면
자신의 정신의식 차원이 달라지며
사람을 대함에 그 사람 생명을 수용하게 되므로
자신의 의식과 정신 상태가 변화하게 된다.

사람은

다각적 관념과 분별의 대상이지만
생명은 관념과 분별의 한계를 벗어난
무한 불가사의 신비의 존재이다.

사람을 대함에
때 묻음 없는 신비로운 생명을 사랑하는
정화된 마음을 갖게 되면
자신 의식도 더욱 성장하게 되고
사람을 대함에 또 다른 의식의 세계를
열게 된다.

고정관념을 벗어난 열린 지혜는
자신의 의식을 성장하게 하고
마음이 미혹의 분별에 이끌림이 없게 하며
항상 정신을 깨어있게 한다.

사람을 대함에
그 사람의 생명을 사랑하게 되므로
사람을 대함에 분별심이 없다.

사람을 대함에
때 묻음 없는 지고한 생명을 대하는
생명의식을 지니므로
깨어있는 성숙한 정신의 인간관계를 가지며
의식은 분별심에 머물지 않아
항상 청정한 마음을 지닐 수가 있다.

사람마다
의식이 깨어있는 차원이 다르고
마음이 열린 시각이 다름은
의식성장의 상승 차원에 따라 차별이 있다.

사람을
사람으로만 보는 시각을 벗어나
그 사람 생명을 사랑하는 마음은 지니면
의식도 그에 따라 성장하고
성숙하게 된다.

의식이 열리며 변화하고
세상과 사물을 보는 시각이 달라지면
자신이 머묾의 의식 상태를 벗어나게 되므로
그것이 의식의 성장이며
열린 시각의 삶을 살게 된다.

생명은
때 묻음 없고 청정하며
항상 무엇에도 물듦 없이 밝게 깨어 있어
지고한 그 마음 항상 그렇게 쓴다면
자타가 더불어 항상 이롭고
아름다운 생명의 삶이 될 것이다.

사람은 영원하지 않아도 생명은 영원하며
삶은 영원하지 않아도 생명은 영원하다.

생명이 영원한 것은
그 무엇에도 물이 들거나
때 묻음이 없기 때문이다.

사람에게서
때 묻음 없는 생명을 발견하게 된다면
그 의식이 영원히 때 묻음이 없고
태어남도 죽음도 없이 항상 밝게 깨어있는
생명성이다.

7. 제일 큰 용서

삶 속에는
다양한 사람과 관계를 맺으며
만남 속에 자기 뜻에 맞지 않는다고
그 사람을 싫어하거나 미워하는 경우도 있다.

또한,
사회의 다양한 매체를 통해서 접하게 되는
사람 중에는 서로 관계가 없어도
자기 취향이나 호감의 선호도에 따라
좋아하거나 싫어하는 사람들도 있다.

누구나
각각 성향이 다르고 생각이 같지 않으므로
좋아할 수 없는 부분이 있을 수가 있다.

그중에는
사회적으로나 개인적으로나 정말 잘못이 있어
미워하거나 싫어하는 경우도 있다.

그러나

모두 행복한 세상을 위한 삶의 큰 틀에서 보면
옳고 그름을 떠나 미움이 있는 것 그 자체가
미워하는 자나, 미움을 받는 자나
둘 다 곧, 불행이다.

무엇보다,
미움을 가진 그 자체가 정당하다 하여도
곧, 부정적인 시각이기에
정신이 성장한 한발 앞선 관점에서 생각하면
벗어나야 할 의식상태이다.

옳고, 옳지 않음은 감정이 아니라
사리분별이다.

그러나
싫어하며 미워하는 것은 부정적 감정이다.

부정적 감정인 미움은 마음의 평정을 잃으며
미움의 감정이 있으면 마음이 탁해지므로
성숙한 의식 성장을 향함에는 벗어나야 한다.

마음속에
미움을 없애고자 하면 어떻게 해야 할까?

미움을 없애고자
미운 자를 마음으로 용서하면 될까?

아니면, 잘못한 자가 있다면
잘못한 자를 찾아가 그 잘못을 용서받으면
미움이 사라질까?

용서하거나, 용서받는 것으로는
미움이 사라지지 않는다.

그리고,
용서하고, 용서받는 관계 또는, 그 세상은
결코 미움이 사라지지 않는 세상이다.

용서하면
용서한 그 마음이 있기에
결코 미움을 벗어나지 못한다.

또한, 용서받아도
용서받은 그 마음이 있기에
결코 미움을 벗어나지 못한다.

미움 없는 세상은
용서하는 것으로도, 용서받는 것으로도
미움 없는 아름다운 세상이거나
또는, 미움 없는 관계가 되지 못한다.

진정한 용서는
용서하거나 용서받는 것이 아니라

사랑이다.

사랑만이 진정한 용서이며
미움 없는 평안한 평화의 마음과
미움 없는 서로의 관계와
미움 없는 아름다운 세상이 되는 길이다.

용서,
그것으로는 미움이 지워지지 않는다.

미움의 뿌리까지 제거하는 것은
오직, 사랑뿐이며
사랑은 미움만 제거하는 것이 아니라
미움의 마음을 사랑으로 치유하고
미움 없는 관계와 아름다운 세상을 만드는
제일 큰 용서이다.

사랑으로 무르녹지 않을 미움이 없고
사랑으로 치유되지 않을 아픔과 상처가 없으며
사랑으로 세상을 아름답게 할 수가 있다.

그 이유는
제일 큰 용서가 사랑이며
제일 큰 위대한 정신이 사랑이기 때문이며
생명은 사랑으로만 용서할 수 있기 때문이다.

8. 행복은 감사다

행복이라고 생각하는 그것이 무엇이든
감사함, 그것이다.

감사함이 없는 행복은
감사를 모르는 이기적인 마음이다.

행복, 그것이 무엇이든
그 행복에는 같이한 사람이 있다.

행복함
그것이 혼자이면
아직 성숙하지 못한 행복이며
행복의 시야가 아직, 완전하지 못하다.

행복은
만족이 아니라 기쁨이다.

만족은 욕구에 의한 것이며
기쁨은 욕구가 아니라
온 마음과 몸이 동화되는 순수 의식의 행복감

감성의식의 작용이다.

행복, 기쁨, 감사는
순수 순응과 수용 감성에서 일어나는
정신작용이다.

행복이
곧, 기쁨이며, 기쁨이 곧, 감사이다.

만족은
행복이 아니라 욕구 충족감이다.

행복, 기쁨, 감사는
가슴이 느끼는 순수 감성작용이며
만족은 머리로 생각하는 분별의 상념작용이다.

행복과 기쁨의
순수 감성은 순수 수용심이라
온몸과 마음이 이완의 하나로 동화되어
순수의식 흐름의 작용이 일어난다.

만족은
욕구의식의 감정이므로
감정 변화의 작용은 몸과 마음이 뭉치는
변화의 작용이 일어난다.

만족의 행복도
만족보다 더 깊은 의식의 흐름에는
이완 의식이 작용하므로 평안을 느끼게 된다.

행복감은
마음과 몸의 응결된 긴장감이 풀어지게 하는
의식 상황의 특성과 빛깔에 따라
평안을 느끼는 감성 성품의 특성과
행복의 빛깔이 달라진다.

행복을 인식하는 그 상황이 무엇이든
행복은 의식의 상태이며
행복을 느끼게 하는 상황의 특성에 따라
행복 성향의 특성과 의식차원의 빛깔이 다르다.

의식의 세계에는
얼마나 더 깊은 이완의 세계에 드느냐에 따라
행복을 느끼는 차원이 다르다.

의식이
점차 더 깊은 차원의 의식 이완이 이루어질수록
행복감은 더하게 된다.

깊은 의식 이완이 이루어질수록
의식 상승의 변화가 이루어져
의식상태 변화의 차원이 달라진다.

의식의 작용은
의식 상태의 변화를 일으키니
의식의 변화 없는
단순, 기쁨과 만족과 행복도 있겠으나
의식의 차원을 변하게 하는
깊은 의식 이완의 행복 물결도 있다.

그러므로
행복이라는 언어는 같아도
의식 이완의 깊이가 차원에 따라 다름이 있으니
어떤 차원 의식이 열린 이완의 기쁨이냐에 따라
행복의 세계가 달라진다.

어떤 차원의 행복이든
행복 그 중심에는 감사함이 있다.

감사는
어리석음인 교만함이 사라지며
순수 의식이 되게 하고
자기 마음을 순수 성품으로 정화하며
끝없이 아름다운 순수 마음을 갖게 하는
가치를 지니고 있다.

감사도
의식의 깊이에 따라 다르니
감사함이 깊을수록 행복감은 더해진다.

감사는
순수 행복의 길이며
행복은 감사를 통해 성숙하고 성장하게 된다.

감사는
행복세계에 눈을 뜨게 하고
삶의 기쁨을 일깨우며
행복 그 자체가 곧, 감사임을 자각하게 한다.

감사의 문을 열고 들어가면
그곳에 행복이 있다.

왜냐면,
감사는 행복의 다른 이름이기 때문이다.

9. 무소유(無所有)

무소유(無所有)는
소유한 것 없음이 무소유이다.

소유한 것
그 모든 것은 인연의 흐름일 뿐
소유의 것은 본래 없다.

무소유(無所有)
이 언어를 수용하는 경계에 따라
다양한 차원의 인식을 할 수가 있다.

무소유가
개인적 소유욕을 벗어나는 것으로부터
만물의 존재 생태의 흐름인 무소유 속성과
지혜의 무소유에 이르기까지
다양한 종류와 차원을 생각할 수가 있다.

무소유가
단지, 개인적 욕심을 갖지 않는
소유하지 않는 청빈이 무소유라고 하면

그 무소유의 가치는 없다.

진정한 무소유의 가치는
소유욕 없는 청빈에
그 가치가 있는 것이 아니다.

무소유의 진정한 가치는
허공과 태양과 땅과 물의 무한 상생처럼
진정한 베풂이 무소유의 정신이다.

무소유의 정신은
베풂과 사랑의 정신이며
무한 상생의 생명작용이 무소유의 정신이며
무소유의 가치이다.

청빈이
자랑스러움이 아니다.

단지,
남을 더욱 이롭게 하지 못함이
자신의 한계일 뿐이다.

허공도 청빈이 아니며
태양도 청빈이 아니며
땅도 청빈이 아니며
물도 청빈이 아니다.

청빈이 아니기에
무소유의 작용이 위대하며 가치가 있고
만 생명과 만물이 거기에 의지해
생명과 삶을 유지하고 있다.

무소유의 정신이
단지, 갖지 않음에만 치우친다면
무소유의 정신이 무슨 가치가 있겠으며
자신이 남을 이롭게 하지 못하는 그 자체가
무슨 의미와 가치가 있을까?

무소유의 정신은
지극한 의식 승화의 정신이니
철저한 공심공행(空心空行)의 생명 정신으로
무한 사랑 베풂인 자연 존재적 가치의 삶을 사는
존재 무한 상생의 길이다.

더 나아가서는
지혜의 길에도 무엇 하나 소유한 바 없는
무소유의 밝은 지혜로

치성한 아상(我相)과
자타(自他)의 분별심을 벗어나
무소유의 공심(空心) 자성광명(自性光明)으로
티끌 하나 걸림 없이, 만 생명을 이롭게 하는
그 길이 무소유의 길이다.

단지,
공심(空心)이어도
남을 이롭게 하는 공덕을 창출하지 못하면
공심(空心)과 공지(空智)인들
존재의 진정한 의미와 가치를 돌아보지 못하니
그것이 무슨 가치가 있을까?

허공이 가치 없이 그냥 펼쳐져 있는 것이 아니며
태양이 가치 없이 그냥 떠오르는 것도 아니며
땅도 가치 없이 그냥 존재해 있는 것도 아니며
물이 가치 없이 그냥 흐르는 것이 아니다.

일체 생명과 만물이 의지한 그 자체가
공덕 없이 그냥 존재해 있는 것이 아니니
일체가 본래 공덕세계인
무한 상생의 무소유 공심공행(空心空行)이다.

모두가
자신을 비워 이롭게 함이 아니라
존재의 무한 가치, 무한 궁극 상생에는
자아(自我)가 없을 뿐이다.

자아 있는 열정은
스스로 한계에 부딪히고
자아 없는 열정은 무한 무궁 세계의
조화(造化)를 창출한다.

소유심을 버려 무소유가 되는 것이 아니라
본래 무소유임을 깨달음으로
무한 공심공행(空心空行)에 드는 것이다.

무소유가
자아의 분별심 없는 무소유도 있으나
무소유는 지혜의 궁극이 열린 무한 정신인
둘 없는 사랑
불이(不二)의 세계이다.

불이(不二)는
곧, 무한 궁극이 열린 사랑이며
공심공행(空心空行)의 무소유심(無所有心)이다.

10. 비움의 도(道)

마음을
허공처럼 비운다는 것이 무엇일까?

어떻게 함이
마음을 허공처럼 비운 것일까?

아무 생각이 없으면
그것이 마음을 비운 것일까?

생각이 일어나지 않고
나무와 돌과 같이 무심(無心)하면
그것이 마음을 비운 것일까?

나무나
돌처럼 되고자 하여도,
눈이 있고
듣는 귀가 있고
생각하는 마음이 있는데
나무와 돌처럼 무심(無心)할 수가 없다.

또한,
설사 나무와 돌 같이 무심하였다 하여도
그것이 무슨 가치가 있겠는가?

마음을
허공처럼 비운다는 것은
마음이 허공처럼 일체 시비와 분별심을
일으키지 않는다는 뜻이다.

이 말은
나무와 돌과 같이 무심한 것이 아니라
허공처럼 무엇에도 시비의 분별심이 없이
일체를 수용하는 넓은 마음인
무한 수용과 따뜻한 사랑의 마음이다.

마음을 허공처럼 비운 것은
무엇에도 관심 없어 요동 없는 마음이나
텅 빈 허공처럼 빈 마음을 가진 것이 아니라
모두를 허공처럼 수용하고 위하는
넓고 큰마음 씀의 따뜻한 사랑을 말함이다.

마음을 허공처럼 비우라는 것은
마음 씀이 부족하여 무엇이든 수용하지 못하고
생각함이 성숙하지 못해 부족함으로 일어나는
사사로운 시비심과 일어나는 분별심을
벗어나라는 뜻이다.

마음을 허공처럼 비우라는 것은
곧, 마음 씀이 허공처럼 지혜롭게 하라는 뜻이다.

상대를 넓은 마음으로 수용하고
시비와 분별없이 사랑의 마음을 가지는 것도
자신을 비운 지혜가 없으면 불가능하다.

대개
사랑하는 마음을 가짐에도
그 마음에는 사랑의 까닭인 시비와 분별이
없을 수가 없다.

사랑하는 까닭이 있으므로
사랑하지 않는 까닭도 있게 마련이다.

이유와 조건이 없는 수용과 사랑이면
시비와 분별없는
지혜로운 허공의 마음을 가짐이다.

아마, 이 마음은
성인(聖人)의 마음이며
사랑이 지극한 생명의 마음이며
더없는 정신이 열린 세계의 무한 사랑이리라.

무엇이든
수용하지 못하는 시비와 분별은

자기 관념의 생각과 감정과 이해에 얽힌
시비와 분별의 마음이다.

사람이
삶의 이상(理想)을 가지는 것에는
삶의 현실적 과제도 있겠으나
지혜의 밝음인 존재의 무한가치 상승의 세계
정신의식의 무한차원을 향한 승화도 있다.

현실적 이상도 중요하겠으나
정신의식의 무한 차원을 향한 상승의 세계
무한 깨어있는 정신 차원을 향한 이상도
무엇보다 중요하다.

무엇이든
밝게 보는 지혜를 터득함에는
자기 관념의 시야인
시비와 분별에 얽매임을 벗어나야 한다.

무엇이든
시비와 분별의 마음이 일어나면
그 마음 씀이 수용의 한계에 부딪히며
시비와 분별의 시각을 벗어나야
수용하지 못하는 자기의식의 한계를
벗어나게 된다.

마음을 비우면
비운 만큼 남을 수용할 수 있으며
마음을 비우지 못하면
비우지 못한 만큼 남을 수용하지 못한다.

마음의
성숙과 지혜와 수용이 서로 다른 것이 아니다.

마음이 성숙한 만큼 지혜가 성숙한 것이며
지혜가 열린 만큼 남을 수용하는 열린 마음을
갖게 된다.

허공의 성품은
일체 시비와 분별이 없으므로
모두를 수용함에 스스로 걸림이 없다.

무엇이든 장애 됨이
곧, 시비심이며 분별심이니
시비심과 분별심을 벗어난 마음을 쓰면
그것이 마음을 허공처럼 비운 지혜이다.

그것은
마음 씀의 성숙이며 지혜의 수용이니
곧, 허공의 마음을 바로 씀이다.

삶이 아름답고

세상이 아름다운 풍요의 길은
서로 수용하는 허공처럼 비운 마음 씀의
삶과 세상이다.

허공처럼 비운 마음
그것은 곧, 무한 끝없는 사랑의 마음이다.

사랑은 사랑뿐,
작은 티끌의 시비와 분별도 없다.

어떤 생각
작은 티끌의 시비와 분별이 있다면
그 시비와 분별의 티끌이
큰 사랑도 부서지게 할 것이며
견고한 사랑도 파괴하게 될 것이다.

사랑은
모두를 수용하는 허공의 마음이며
일체 시비와 분별이 없는
바로 그 마음이다.

그 마음은
일체를 수용하는 허공의 마음이라
마음에 일체 시비와 분별이 없다.

그 지극한 마음이

사랑이니
사랑은 곧, 모두를 걸림 없이 수용하는
허공의 마음이며, 허공의 지혜이다.

그것이
마음을 허공처럼 비운 완연한 지혜인
둘 없는 불이심(不二心)이다.

香 2

초판인쇄 2017년   6월 15일
초판발행 2017년   6월 25일

저   자 박명숙
펴 낸 이 소광호
펴 낸 곳 관음출판사

주   소 130-070 서울시 동대문구 용두동 751-14 광성빌딩 3층
전   화 02) 921-8434, 929-3470
팩   스 02) 929-3470
홈페이지 www.gubook.co.kr
E - mail gubooks@naver.com

등   록 1993. 4.8 제1-1504호

정가 23,000원

완전한 지혜의 세계,
密밀이 세상에 나왔다!!

최상 깨달음 지혜 과정이
이보다 더 상세할 수는 없다.

5, 6, 7, 8, 9식(識) 전변 깨달음세계와

완전한 깨달음 6종각(六種覺)인

5각, 6각, 7각, 8각, 9각, 10각(十覺) 성불

과정의 경계와 지혜의 길을 상세히 완전히 밝혔다.

밀법 태장계와 금강계, 옴마니반메훔, 광명진언 등의

실상세계를 자세히 밝혔다.

박명숙(德慧林)저 / 밀1권 500쪽 / 밀2권 584쪽 / 정가 각 35,000원

삶의 순수 지혜와 승화된 이상의 진리가 책 4권에 있다.

순수정신이 열린 특유의 사유와 지혜로 삶의 순수 정신의 승화, 자연의 섭리와 순리, 만물의 흐르는 도(道), 궁극이 열린 천성(天性)의 심오한 섭리의 세계를 4권의 책 속에 고스란히 담았다.

『사유를 담은 가야금 1』
삶의 순수정신과 생명감각이 열린 특유의 감각과 빛깔을 가진 사유는 보편적 인간의 가치를 넘어선 아름다운 신선한 깨달음과 생명력을 갖게 한다.

『사유를 담은 가야금 2』
의식승화의 사유는 삶을 자각하는 지혜와 새로운 감각을 열어주며, 정신승화의 향기는 삶을 새롭게 발견하고 눈을 뜨는, 내면의 깊은 감명과 감동을 전한다.

『달빛 담은 가야금 1』
심오한 정신세계 다도예경과 다도5물, 다도5심, 천성 섭리의 이상(理想) 예와 도, 진리3대(眞理三大)와 도심5행(道心五行)의 섭리세계를 담았다.

『달빛 담은 가야금 2』
선(善)의 세계, 홍익의 섭리, 성인과 군자와 왕의 도, 만물의 섭리와 순리, 도와 덕과 심, 무위, 궁극이 열린 근본지, 성(性)의 세계 등을 담았다.

박명숙 저 / 신국변형판양장본 / 정가 각 20,000원

박명숙 저 / 신국변형판양장본 / 정가 각 23,000원